ダッシュエックス文庫

JN177921

アズールレーン Episode of Belfast

助供珠樹

※本作は、株式会社Ｙｏｓｔａｒが運営するアプリゲーム「アズールレーン」の世界観に基づいたパラレルワールドを舞台にした、スピンオフ小説です。

プロローグ

思えば人類の歴史は、どこまでも広大な海とともにあった。

人類を海の向こうの地へと駆り立てたのは、その飽《あ》くことなき欲と野心であった。長い歴史の中で航海技術を発展させた彼らは、水平線の向こうにある地に降り立ち交易と交流を繰り返しながら科学技術や学術知識を発展させていった。

尽きることのない人類の欲は、やがて自《みずか》らの国家のさらなる繁栄《はんえい》のために争いを求めていく。

波風立たない穏《おだ》やかな世界情勢には、いつだって紛争と戦乱の暗流が潜《ひそ》んでいた。

そんな最中《さなか》、人類の立場は未知なる敵の出現により一変する。

海より出《い》でし船を沈め、人間を暗き深淵《しんえん》に引きずり込む異型の敵――『セイレーン』。

圧倒的な力を有する外敵を相手に、人類は90％以上の海域の制海権の喪失《そうしつ》、科学技術の後退、物流と経済システムの被害による生活水準の大幅な低下を余儀《よぎ》なくされた。


時は流れて数十年。

人類が再びこの星で栄光を取り戻すため、各陣営はこれまでのいざこざを水に流し、人類を一団とする軍事連合──『アズールレーン』を創設した。

アズールレーンは一度セイレーンを撃退したかに思われた。だが、やはりその未知なる強大な力を完全に制圧することはかなわず、次第《しだい》に膠着《こうちゃく》状態となっていく戦局の中で各陣営の理念の違いが表面化。各陣営同士での争いへと発展してしまう。

アズールレーンには、四つの陣営が創設に深くかかわっていた。

科学と自由を重んじる連邦制の国──ユニオン。

世界で最も造船経験のある長い歴史を持った王政国家──ロイヤル。

独裁政権が統治する軍事国家であり、後にアズールレーンから独立した組織『レッドアクシズ』を創設する──鉄血《てっけつ》。

東に位置する謎の国家であり、鉄血に続いて『レッドアクシズ』に参加した──重桜《じゅうおう》。

各陣営間での緊張が走る中、激戦地からもっとも離れたとある軍港があった。

これはそんな軍港に所属する指揮官の下に集《つど》った、セイレーンへの対抗戦力として『メンタルキューブ』で製造された『フネ』──ロイヤル陣営に所属しながら、同時にメイドとしての仕事もこなす一人の銀髪少女の物語である。

彼女の名は──ベルファストといった。

第一章

『美味しい紅茶の淹れ方』

まだ夜明け前の、薄暗い外の空気に触れる。

それが、ロイヤルメイド隊のメイド長——エディンバラ級二番艦、ベルファストの一日の始まりに行う最初の日課であった。


三方を山で囲まれているこの母港の一区画には、とある指揮官により管理されている大きな学園がある。その学園の敷地内にある、東側の少し高台に位置した建物の一つが、『ロイヤル』と呼ばれる陣営に所属する少女たちが暮らす寮だ。

ネオ・ゴシックと呼ばれる外観の三階建ての寮には屋上に時計塔が設置されていて、西側にはどの階もすべて、母港の中央桟橋《さんばし》が一望できる長い廊下が南北に向かって伸びていた。

トレーサリーのついた窓がずらりと並ぶその廊下を、ベルファストは静かに歩いていく。

やがて廊下中央にある階段を下りて一階までやってくると、やや南よりに位置する両開きの大きな扉をゆっくりと押し開いた。

寮に住まう少女たち全員を収容しても、あまりあるほどの大食堂。

採光用のステンドグラスがあるものの、そこは廊下と比べても遥《はる》かに薄暗かった。

ベルファストは、扉のすぐ横の壁にかけられているカンテラを手に取ると、エプロンの中から一本のマッチを取り出し、火を灯《とも》した。昨夜に取り替えたばかりの油は程よく燃えながら、食堂の全景をぼんやりと照らし始める。

その心許《こころもと》ない火の明かりを頼りに、大食堂の奥へと突き進んでいった。

奥には一枚の木製扉があり、鍵《かぎ》を差し込み扉を開くと、スカラリーと一体型になったキッチンが視界に飛び込んでくる。数々の調理道具と洗い終わった食器が並ぶ東側の窓のカーテンからは、廊下の窓と同じように日が昇ろうとする直前の微《かす》かな光が隙間《すきま》からこぼれていた。

ベルファストは、火を吹き消して調理用の広いテーブルにカンテラを置いた。代わりに手にしたものはフードカバーの中に入っていた昨夜の夕食のパン。

固くなったそのパンを一つ手に取ると、窓を覆《おお》っているカーテンの内側へと身体《からだ》を滑りこませる。

ガラス越しに立っているイチョウの木から視線を下げて窓のへりを見つめると、そこには数羽の小鳥たちが彼女を待ちわびていたように集まっていた。

ベルファストは少しだけもったいぶったように鍵を外して、窓を開く。

その瞬間、シルクのカーテンがふわりと、巨大な風船のようにキッチンの内側に大きく膨《ふく》らんだ。

「おはようございます」

パンを丁寧《ていねい》にちぎって窓のへりに置きながらそう言うと、ベルファストはくちばしのついた可愛《かわい》らしいご近所さんに思わず笑みをこぼす。

「寮の子たちよりも、あなたたちは早起きなんですね」

慈《いつく》しみの伴《ともな》った彼女の声に反応して小鳥たちがさえずる。内海にある港からは、緩《ゆる》やかなさざ波の音が聞こえていた。

穏《おだ》やかで温かい風が流れ込み、ベルファストの銀色の髪をそっと揺らし始める。

なんとも、気持ちのいい朝だった。

「どうやら今日も、快晴のようです」

天を仰《あお》ぐと、澄《す》み切った藍色《あいいろ》の空にはまだ夜明けの明星が輝いている。

手に持ったパンをすべて屑《くず》に変えてしまうと、小鳥を驚かせないようゆっくり窓を閉じた。

風船のように膨らんでいたカーテンがみるみるしぼんでいく。

ベルファストはそのカーテンの裾《すそ》を摑《つか》んで窓の端で結ぶと、キッチンを振り返って呟《つぶや》いた。

「さて、朝食の準備を始めるといたしましょうか」

＊＊＊

ロイヤル寮の屋上にそびえ立つ時計塔が起床の鐘《かね》を鳴り響かせる。

窓のへりでパンをついばんでいた小鳥たちは、すでにどこかへと飛び去っていた。

藍色の空に輝いていた夜明けの明星も消え、今はさんさんと降り注ぐ陽《ひ》の光が窓から差し込んでいた。

ベルファストは全《すべ》ての朝食をワゴンカートの上に並べ終えると、モーニングティーに使う茶《ちゃ》葉《ば》の缶を探しに扉の横にある戸棚へと向かっていった。

同時に、誰かがどたばたと駆け寄ってくる足音を耳にする。

「ベル、ごめんなさいっ！」

ばたんと音を立ててドアを開けた人物は、同じく銀色の髪をしていた。長い髪の両サイドにある三つ編みを振り乱して顔を上げると、勢いあまって眼鏡《めがね》がズリ落ちそうになる。

「ちょ、朝食の準備は……？」

ズレた眼鏡を直す女性——エディンバラは、額《ひたい》に汗《あせ》を浮かべてベルファストに尋《たず》ねた。

「あとは紅茶の準備だけです、姉さん」

ベルファストは落ち着いた様子で、何事もなかったように戸棚から二つの茶葉の缶を取り出して答えた。

「はぁー……。よかったぁ」

エディンバラはほっと安心したように胸に手を置いた。それから何度か息を吸って呼吸を整えると、きゅっと眉尻《まゆじり》を上げて、調理用テーブルに向かうベルファストのそばに立った。

「ねぇ聞いてベル。すべては、春であることが悪いと思うの」

真剣なまなざしでエディンバラはテーブルに手をついた。

「『春眠暁《あかつき》を覚えず』ということでしょうか？」

「そうそれ！　それなのっ！」

ベルファストは姉の言葉を聞きながら、商店街の福引で使うような形をした丸いティーブレンダーに二種類の茶葉を入れてふたをした。

「ですが、姉さんは今日で今年に入ってぴったり二十回目の寝坊です。中でも最多に寝坊した月はまだ雪の残る二月のことで――」

「し、新春ってことだよ！　二月も春の季節に含めるの！」

エディンバラは恥《は》ずかしそうにエプロンの裾を握って叫ぶ。

ティーブレンダーを回し始めたベルファストを見て、そこでふと彼女はテーブルの上に置かれた茶葉の缶に目を留めた。

「これって、もしかして？」

「ええ。あの時に買った茶葉です」

彼女の言葉に、ベルファストは頷《うなず》く。

二つの缶はつい先日、姉妹二人で互いに香りを確かめ合って貿易商から買いつけたものだった。

「私がアッサム。姉さんがセイロン。どちらもモーニングティーに向いている茶葉なので、こうしてブレンドで出してみることにしました」

「うんうん。いいんじゃないかな。ミルクティーにぴったり」

さっそく思いつきを行動に起こそうと、エディンバラはミルクポットを取りにテーブルの前から離れていく。

その時、沸かしていたやかんがぴーっと音を立て始めた。その隣には食事に欠かすことのできないスープがコトコトと煮込まれている。

コンロの真下には石炭を燃料とする密閉型の大きな窯《かま》があり、ピザやパンを焼いたりするオーブンも兼用していた。家庭で扱われるよりもずっと大きなロイヤル寮専用のキッチンコンロである。

ベルファストは混ざり合った二種類の茶葉をティーポットに入れると、コンロに置いたやかんを手に取って沸騰《ふっとう》したお湯を注いでいった。

中で茶葉がジャンピングしている様《さま》をイメージしながら静かにワゴンカートに載《の》せると、

「姉さん、ミルクポットをここに」

「はーい」

エディンバラは言われるがままにミルクをカートの上に載せた。

すると、いつの間にか輪切《わぎ》りにしていたレモンが隣に置かれている。

「……いつの間に？」

「レモンティーを飲まれる方もいらっしゃるかと、あらかじめ用意しておきました」

けろりとした表情で答えるベルファストの顔を見て、姉のエディンバラは思う。

姉である立場から見ても、ベルファストは非の打ち所がないメイドの鑑《かがみ》であった。その手際の良さも佇《たたず》まいの一つ一つにおいても、他を圧倒するほどの気品さに満ち溢《あふ》れている。

――だからこそ、姉としては悔《くや》しい思いもするんだけど。

よくできた妹を持つ姉の悩みは、いつだって尽きない。

「姉さん？」

完璧《かんぺき》メイドの妹が顔を覗《のぞ》きこんでいることに気づき、はっとエディンバラは我に返った。そうしている間にも、大食堂からはもう寮内の少女たちの姦《かしま》しい声が聞こえ始めていた。

「朝の時間は一刻一秒を争います。ロイヤルの子たちはあれでいて、どの子も食には大変うるさいのです。冷めないうちに運ばなくては」

「わ、わかってるよ」

そう言って、エディンバラがカートの取っ手を握った時だった。

突然キッチンに鳴り響いたノックの音に、それぞれ朝食の載ったカートを手にした二人が扉の方へと視線を向ける。

「――失礼するわ」

開いた扉から現れたのは、皆が『陛下《へいか》』と呼ぶクイーン・エリザベスのご学友――高速戦艦のウォースパイトだった。

「ウォースパイト様」

およそキッチンには似つかわしくない人物の来客に、ベルファストは目を丸くさせる。ウォースパイトはじろりと一瞥《いちべつ》すると、そのままキッチンの中へゆっくりと足を踏み入れて口を開いた。

「キッチンはメイドの職場。まして今は朝食の準備で慌《あわ》ただしい時だというのに、いきなり立ち入ってすまないわね」

「あの、何かご用でしょうか？」

おずおずと尋ねるエディンバラの前を通り過ぎると、ウォースパイトはまるで何かを探しているようにきょろきょろとキッチン内を見回し始めた。

「今日のお昼に、ここを使わせてほしいのだけど」

ワゴンカートを握ったまま、メイドの二人が顔を見合わせる。

「それは構いませんが……」

「でも、どういった理由で？」

ベルファストとエディンバラが同時に口を開くと、ウォースパイトはキッチンの奥を指さした。

「理由は教えられないけど、あれを使いたいわ」

示した方向の先にあるものは、現在もスープを煮込んでいるコンロの真下。

ふたで密閉することのできる、オーブン窯であった。

「え。か、窯を扱うのですか？」

「ダメなのか？」

意外そうなエディンバラの問いかけに対し、むっとするウォースパイト。

二人はこれまで、ウォースパイトが料理をしているところを見たことがない。

ベルファストは胸に手を置きながら彼女に進言する。

「もしよろしければ、私も付き添いいたしますが」

「お前たちの助けなどいらない。オーブンくらい使えるわ。オールドレディの嗜《たしな》みとして当然よ」

つんとそっぽを向かれてしまった。ちらりと姉の顔を見ると、彼女は視線をこちらに向けたまま小さく首をふっている。あまり強く引き止めないほうが得策《とくさく》だ、ということなのだろう。

「承知しました」

深々と頭を下げるベルファスト。

そこでふと、ウォースパイトが思い出したように口を開いた。

「そういえば、陛下はどうしたの？　まだ食堂には来てないみたいだけど」

「陛下？」

ベルファストは顔を上げて、エディンバラに尋ねる。

「姉さん、陛下はどうしたのですか？」

「え？」

彼女はきょとんとした目でベルファストを見つめる。

「今日は姉さんが陛下を起こす日のはずですが――」

その先は言わなくても、みるみる青ざめていく姉の表情がすべてを物語っていた。

ベルファストはすぐに木製扉のドアノブに手をかけると、振り返らずに言った。

「姉さんは先に朝食を運んでください。すぐに戻ります」

せめてエッグベネディクトが冷める前にと、ベルファストは大食堂から廊下へ飛び出した。

欠伸《あくび》を漏《も》らして歩くロイヤル寮の少女とすれ違いながら、急ぎ足で階段を駆け上がっていく。

「あの方は冷めた卵を口にすると、終日不機嫌になりかねませんからね……」

階段を折り返す時に、二階の廊下の窓から雲一つない空を目にした。

こんなにも澄み切った青空だからこそ余計に、である。

＊＊＊

皆が『陛下』と呼ぶクイーン・エリザベスの部屋は、ロイヤル寮の三階南側の一番奥にあった。

本来部屋の割り当ては艦型によって決められ、同じ艦級の少女たちは一つの部屋でまとめられることも多い。事実、ベルファストとエディンバラも同じ部屋であった。

ところが、彼女の場合は特別である。

「陛下、入りますよ」

ベルファストが二、三回ノックをして入り口のドアを開くと、大広間と見間違えても不思議じゃないほどの空間が広がっていた。

ちょっとしたホテルのロビーのように、床には赤い絨毯《じゅうたん》が敷き詰められている。

ベルファストは、颯爽《さっそう》とその中に足を踏み入れた。

高い天井から吊《つ》り下がった豪奢《ごうしゃ》なシャンデリア。その真下を通り過ぎ、部屋の奥にある天蓋《てんがい》付きのベッドの中を覗くと、そこでは小さなお姫様がすやすやと寝息を立てて眠っていた。

「おはようございます、陛下」

返事はない。

「もう朝食の準備は整っていますよ」

今度は少しだけ大きめの声で、呼びかけてみる。

「……朝食……パンケーキが食べたいわ……むにゃ」

エリザベスはごろりと寝返りを打ち、それでもしっかりと朝食の要望だけを口にした。

「今朝はエッグベネディクトとビーンズ。それにトマトのサラダとオニオンスープです」

何も聞こえなかったように、ベルファストは献立《こんだて》を告げる。

「……お豆きらい……ベルが……食べて」

「好き嫌いはよくありませんよ、陛下」

再びすやすやと寝息を立てるエリザベスの顔を見ながら、ベルファストは息を吐いた。

「起きてください、陛下」

「うぅん……あと十分だけ……」

「あら。こんなところにふわふわでモコモコとしたペルシャ猫が」

その言葉とともに、エリザベスはがばっとベッドから飛び起きた。

「えっ！　さ、触りたいっ!!　ベル、その猫はどこにいるの!?」

「おはようございます、陛下」

そう言うなりベルファストは一礼すると、人がそのまま中に入れてしまうほどの大きなドレッサーへと向かって行く。

エリザベスはパジャマ姿でしばらく部屋の中をきょろきょろ見回していたが、すぐに猫の姿がないことがわかると、その視線をベルファストへと注いだ。

「…………騙《だま》したのね？」

布団《ふとん》の端を摑みながら、エリザベスはきつく目を細めた。そんな彼女に対し、ベルファストはドレッサーの中から着替えのドレスを持ってきて深々と頭を下げる。

「申し訳ございません。ですがこのまま陛下が二度寝をなさると、後でぽつんと一人きりのまま、あの広い大食堂の中で寂《さび》しく朝食を食べることになってしまいます」

「その時はベルも一緒に食べるの！」

小さな体で飛ぶようにベッドから降りると、ふくれっ面のエリザベスはベルファストに向かって人差し指をびしりと突きつけた。

「たとえお腹《なか》が空《す》いていなくてもね！　このエリザベス様が、一人で朝食なんて摂《と》るわけがないじゃない。ベルだって私と一緒のごはんは嬉《うれ》しいでしょ？」

「もちろん。光栄に思いますよ、陛下」

「ふふん！」

満足げに鼻を鳴らすと、エリザベスは胸を張るようにして両手を広げた。

ベルファストはドレスを一度ベッドの上に丁寧に置いてから、床に跪《ひざまず》いて彼女のパジャマのボタンを上から順番に外していく。

「まぁでもお腹が空いたから今から食堂に向かうわ。エッグベネディクトは好きだしね！」

ボタンを全て外し終えると、パジャマの隙間からエリザベスの小さなおへそが顔を出した。

そのまま襟《えり》を持って肩口から脱がせると、白くて柔かい肌《はだ》が窓から差し込む日光の下で露《あらわ》になった。

ベルファストはベッドに置いてあった彼女のドレスを手にして、その小さな裸体《らたい》に手際よく着せていく。

「本日も焼き立てなので、きっと陛下のお口に合うかと」

「その辺《あた》りは心配していないわ。だってベルの焼いたものだもの……そうだ、聞いてベル。昨日はウォースパイトと桟橋の方に行ったの！　そしたら海岸の方までこんな大きな魚が跳《は》ねて──」

「動くと、ちゃんとお召し物が着れませんよ。陛下」

優しくたしなめるように言いながら、やがてドレスの着付けが完了した。最後に王冠《おうかん》の形をしたカチューシャをつけてあげると、ベルファストは彼女の手を取りながらその場を立ち上がった。

「昨日は、お二人でずいぶんと遅くまで遊んでいたのですね」

「だってもう春だし、外も暖かくなってきたし。ベルも時々は台所の汚ればかり気にしてないで、お日様の光をもっといっぱい浴びることね！」

「仰《おっしゃ》る通りです」

エリザベスが白い歯を見せてにっこりと笑った。無垢《むく》で純真で一切の邪気がないその笑顔に、ついベルファストも口元を緩ませてしまう。まさしく人を笑顔にするための笑顔であった。

二人で部屋を出ると、エリザベスは陽の差した廊下を大手を振って歩き始めた。

「まだ午前中なのに、今日はぽかぽかしてとっても暖かいわ」

彼女の話を聞きながらベルファストは大食堂まで戻ってくると、ちょうど全員の席に朝食を並べ終えたエディンバラがカートをキッチンに戻すところであった。

「エディ」

いきなり話しかけられてぎょっとしたようにエディンバラが振り返る。エリザベスはそんな彼女とベルファストを交互に見てから、すっかりご機嫌な様子で二人に向かって言った。

「ベルも聞きなさい。二人とも、午後のお茶会ではクリーム・ティーを用意するのよ」

お茶会とは中庭で開かれるちょっとしたアフタヌーンティーを楽しむ会のことだった。

メンバーはほぼ固定だが、特に人数を絞《しぼ》っているわけでなく誰でも参加可能である。内容もただ紅茶を飲みながら皆で仲良くお喋《しゃべ》りをするといったものだ。

クリーム・ティーとは紅茶とスコーンのセットのことで、エリザベスはクロテッドクリームをスコーンにたっぷりとつけて食べるのが大好きだった。

「さくさくで焼き立てのスコーンを皆で食べるのっ！　ふふっ、今から楽しみだわ！」

エリザベスはそう言い残して二人の前から離れると、スキップをしながらウォースパイトのいる食堂の奥の方の席へと行ってしまう。

わいわいと食事を楽しんでいるロイヤルの少女たちを見ながら、ベルファストは姉とともに引き続きメイドの仕事へと戻っていった。

二人が朝食を摂るのは、皆が食事を終えた後からであった。

ロイヤルメイド隊の仕事は、むしろ朝食を終えてからが本番である。

＊＊＊

「——皆さま、それでは始めていきましょう」

メイド長のベルファストが真面目《まじめ》な口調でそう告げると、メイド隊の面々はすぐにそれぞれの担当する場所へ向かっていく。

「Ｈｕｕ！　今日もケント選手、張り切っていくよーっ！」

メイド隊の一人であるカウンティ級巡洋艦《じゅんようかん》のケントは、颯爽と元気良く廊下を走って行く。

「早いよケントちゃん～。もう少しゆっくり歩いてぇ～……」

そう言ってピンク髪とたわわな胸を揺らしながら、ケント級五番艦のサフォークはすでに豆粒に見えるほど遠くに行ってしまったケントを追いかけていった。さらにその後ろにはタウン級軽巡洋艦《けいじゅんようかん》のシェフィールドが無言のまま歩いていく。

「それじゃ、ベル。私はこっちだから」

エディンバラと二階の踊り場で別れると、ベルファストは三階へと続く階段を上っていった。

今日はお茶会の準備があるために、普段であれば午後に回していた仕事も午前中にすまさなければならない。

「忙しくなりますね、今日は」

階段を上りながら、誰に言うでもなくベルファストはそう呟いた。

まずはロイヤル寮に住まう少女たちが使用する、装備の整備と点検であった。

朝から訓練に向かった子たちの装備以外にも、寮の倉庫には多くの艦装や砲台があった。実際に使用する際にはそれぞれ各自でも整備を行なうので、メイド隊が行なうのはあくまで最低限のチェックだけに留まる。廃棄《はいき》しなければならない装備もこの時に同時に調べていく。

その後は、寮舎に住む少女たちのベッドシーツの交換である。

昨日のうちに糊《のり》付けをしてぱりっと仕上がったベッドシーツに替えると、交換した古いシーツをメイド隊から順番に受け取っていく。そうして替え終わった大量の古いシーツを、ベルファストは大きなたらいの中に入れて丸々一本分の洗剤を注ぎ込んでいく。

溢れんばかりの泡《あわ》に包まれながら、ごしごしと手で汚れを落としていき、それらが洗い終わる頃には昼食の準備へと取りかかる。

「はぁ～ん、忙しいよぉ～っ」

廊下の掃除を終えて戻ってくるなり、配膳《はいぜん》の準備でキッチンの中を駆け回るサフォーク。そんな彼女を背にしながら、ベルファストは落ち着いてコンロの下のふたを開けて中の火加減を調整する。

「私も手伝うよ、ベル」

「お願いします」

外の掃除を終えてエディンバラが戻ってくると、調理はさらに急ピッチで進んでいった。

ロイヤル寮の昼食はフル・ブレックファーストと呼ばれる朝食と比べて、それほど多くの量は作らないのが基本であった。なので、この日の昼食はフィッシュアンドチップスのみ。

時計台から正午を告げる鐘が鳴り響くと同時に全員分の昼食が完成するという、まさしく一分一秒を争う時間との闘いを終えると、大食堂に集まってくる少女たちの声が聞こえてきた。

「Ｙｅａｈ！　美味《おい》しいごはんだよ！　ほらほら、冷《さ》めないうちにいただいちゃってね」

二台のワゴンカートが交差しながら食堂内を駆け巡《めぐ》っていく。キッチン内のベルファストとエディンバラは、配膳をしているケントとサフォークを見ながらほっとしたように息を吐いた。

「どうにか……終わったねぇ」

「そうですね」

落ちつく間もなく、昼食の時間が終わりを告げる。

メイド隊の全員で食器を急いで片付け終えると、今度は寮内の大掃除の時間であった。それぞれが分担して一階から三階までの細かな掃除を徹底的に行っていく。

それを最後にチェックするのが、ベルファストの役目であった。

「では皆さん、よろしくお願いします」

メイド隊が一斉《いっせい》に掃除用具を手にしながら、キッチンからいなくなっていく。

そうして誰もいなくなったキッチンの中で、ベルファストはスコーン作りの準備を始めた。

薄力粉《はくりきこ》とベーキングパウダー、そこに角切りになったバターを加えて捏《こ》ねていく。その中に生《なま》クリーム、砂糖、塩を入れて生地《きじ》を二、三回ほど棒で伸ばしてはまとめてを繰り返していく。

そのままでは味気ないので、クランベリーも加えて形を整えた。

焼き上がったばかりのものが食べたいというエリザベスのリクエストにしたがい、成型したものを戸棚の中に入れたところで、キッチンの扉が開く音がして振り返る。

「──ベルファスト。一階の清掃はすべて完了です」

メイド隊の中で誰よりも早く報告に来たのは、タウン級軽巡洋艦のシェフィールドであった。

「ご苦労様です、シェフィールドはいつも早くて助かります」

ねぎらいの言葉をかけても、彼女はにこりともせずに直立したままだった。黙々と仕事をこなす彼女は普段からこの調子なので、ベルファストも特に意識せずに笑いかける。

「……ケントたちの様子を見てきます。彼女たちの掃除はツメが甘いところが多いので」

そう言ってシェフィールドがくるりと背を向けると、入れ替わるように今度はウォースパイトがキッチンの中へとやってきた。

「ベルファスト。そろそろキッチンを使いたいのだが」

「ああ、そうでした」

じっとその場に立つウォースパイト。

ちっとも動かないところを見るに、どうも誰も中にいてほしくないようだ。

ベルファストは、静かにキッチンを離れて廊下に出る。そして屋上でエディンバラがシーツを干していることを思い出すと、そのまま手伝いをするために階段を上がっていった。

屋上に出ると、優しい風が顔に当たった。

一人でシーツを干していた姉のそばに向かうと、ベルファストはすぐに籠《かご》からシーツを出して声をかける。

「姉さん、私も手伝います」

「え？　ああ、お願いしてもいい？」

洗濯を終えたばかりの大量のシーツを、ベルファストは姉の二倍のスピードで干していく。

あっという間に屋上を真っ白なシーツが埋め尽くすと、エディンバラはひっくり返したバケツの底に腰をかけながら長い溜息《ためいき》を吐いた。

「うう……妹の手を借りるとこんなに早いなんて、姉である私の立つ瀬がない……」

ベルファストはうな垂《だ》れる彼女に振り向いた。

「以前にも言ったじゃないですか。人は自分以外の人間になることはできません、と」

「そんなのわかってるけどぉ……」

午前よりも少し強くなった潮風《しおかぜ》に髪を押さえたその時、

「……ねぇベル。何か焦《こ》げ臭くないかな？」

エディンバラが突然、ひくひくと鼻を動かしながらバケツから立ち上がった。

ベルファストも潮風に乗った臭《にお》いを嗅《か》いでみる。確かに少し焦げ臭い気がした。

直後、はっとしてベルファストはその場を駆け出す。

「ど、どうしたの⁉」

突然の行動にびっくりしたエディンバラの声を、背中で聞きながら屋上のドアを開ける。続く階段を一階まで駆け降りると、大食堂からキッチンのある木製扉まで一直線に走って行く。

ノブを摑んで扉を開けた途端《とたん》、充満していた煙が食堂の方にまで広がった。一瞬だけためらいを見せるも、ベルファストはハンカチで鼻と口を押さえながらキッチンの中へと突き進んでいく。

案の定、煙の出所は石炭が燃えているコンロ下のオーブンからだった。

手前にはウォースパイトの姿もある。

「げほっ、げほっ！　べ、ベルファスト⁉　違うんだ、これは――」

「離れてください」

火傷《やけど》をしないように調理用の手袋をはめてから、立てかけてあった消火器を手にしてふたを開ける。その瞬間、オーブンの中からごうっと大きな炎が立ち上った。

消火器のホースを差し入れると、燃えさかる炎に向かって思いっ切りレバーを引いた。消火剤の入った薬品が勢いよくホースから飛び出すと、火は徐々《じょじょ》にその勢いを失っていく。出撃の際に使用する消火装置なので、鎮火《ちんか》するスピードも従来のものよりずっと早かった。

完全に火が消えたことを確認してから、ベルファストは空《から》になった消火器を置くと、換気のために窓を全開にしてから振り返った。

「……オールドレディの嗜みだったのでは？」

この状況では、さすがに皮肉の一つも言いたくなる。

ウォースパイトは一度ぐぅっと喉《のど》を鳴らすと、そのままがくりと頭を下げて謝罪した。

「すまなかった……」

いつになくしゅんとした表情の彼女を見て、それだけで反省しているのは十分に理解できた。もうそれ以上の追及はせずに、ベルファストは真っ白になってしまったオーブンの中を確認して溜息を吐く。

「急いで掃除をすれば、夕食までには間に合うかもしれませんが――」

これではお茶会のためにオーブンを使用することは不可能だった。エリザベスがあれだけ楽しみにしていた焼き立てのスコーンは、今も焼く前の状態で戸棚にしまったまま。

「せめて作り置きのものでもあれば別だったのですが……」

そんな独り《ひと》言を口にしながら戸棚からスコーンを取り出すと、しょげて俯《うつむ》いていたウォースパイトがゆっくりと顔を上げてそれを見つめた。

「それは……スコーンか？」

「え？」

いきなり尋ねられて、ベルファストは戸惑《とまど》いながらも頷く。

「陛下が本日のお茶会にスコーンをご所望《しょもう》していたのですが、あいにくオーブンはこんな状態になってしまったのでどうしようかと……」

「陛下が⁉」

ウォースパイトは、驚いたように声を張り上げると、調理用テーブルに置かれているナプキンのかかった皿を手に取った。

「実はボヤを起こす前に、先にスコーンを焼いていたんだ。これの焼き加減があまりにうまくいったものだから、つい気が緩んで火の管理をおろそかにしてしまったが――」

そこで思い立ったようにウォースパイトが顔を上げる。

「これは自信作なんだ！　陛下がスコーンを希望しているというのであれば、いっそ私のスコーンをお茶会に出してみるというのはどうだろうか？　か、窯をこんな目に遭《あ》わせた責任もあるし……」

「ウォースパイト様のスコーンを？」

「――ベル‼」

そこで、エディンバラが慌ててキッチンへやってきた。

「さっきの臭《にお》いは……ってどうしたのこれ⁉」

コンロの惨状《さんじょう》を見て驚きの声をあげる彼女をよそに、ベルファストは顎《あご》に手を添えて考える。お茶会の時間まではもうほとんど猶予《ゆうよ》が残されておらず、代案なども他にない。

覚悟を決めてベルファストは顔を上げると、エディンバラにきびきびとした口調で言った。

「説明は後です。姉さんはすぐに紅茶に使うお湯をそこのストーブで沸かしてください。それにジャムと、クロテッドクリームの用意も」

それからウォースパイトのほうにくるりと振り返る。

「わかりました。ウォースパイト様のスコーンを、お茶会に出してみましょう」

「いきなりで申し訳ない……だが、きっと喜んでくれるはずだ」

ベルファストはキッチンの壁にかけられている時計を見た。

「もう時間ですね。急いで中庭に行きましょう」

＊＊＊

中庭の中央にある円卓にまでやってくると、遠目からでもぷりぷりと頬《ほお》を膨らませている女王様の姿がはっきりと見てとれた。

「遅いわっ！」

そうは言っても開始時間からまだ五分も経《た》っていない。

エリザベスは、小さな背丈《せたけ》で埋もれるようにして円卓に座っていた。テーブルがちょうど胸の位置にあって、誰が見ても椅子《いす》の高さが合致していないのが明らかだ。

「待ちくたびれて眠ってしまいそうだったじゃない！」

素早く席を立つと、エリザベスはびしりと人差し指を突きつける。

その隙に、ベルファストは座高を調整するブースターシートを彼女の席へと取り付けた。

王家のデザインを施《ほどこ》した特注のシートは、低反発性のクッションとなっていて、どんな椅子にも使えるお尻《しり》に優しい一品である。

「とても春らしい陽気ですからね。眠くもなります」

「それはそうなんだけど、そうじゃないっ！」

シートが取り付けられたのがわかると、エリザベスは何事もなかったようにどかっと座り直す。

そしてベルファストにさらなる口撃《こうげき》を加えようとしたその瞬間、彼女の後ろで皿を持って立っている人物に目がいった。

「陛下、今日は私もお茶会にご同席したいのですが」

「……ウォースパイト？　珍《めずら》しいわねお茶会に――ってどうしたの、そのお皿は？」

毒気を抜かれたエリザベスは、ウォースパイトの持っている皿を指し示す。

「陛下にぜひ私の作ったスコーンを食べてほしくて、作ってきたのです」

ウォースパイトは一礼をしながらベルファストの横を過ぎ、

「……シートはいらんぞ」

と、静かに呟いてエリザベスの隣の席に座った。

「余計なお世話でしたか」

ベルファストは、背後でこっそりとシートを握りながら静かに円卓のそばを離れていく。

「お、遅くなりましたぁ……」

すると、ちょうど全員分のティーセットをカートに載せたエディンバラが中庭に出てきた。

時間を少しだけ過ぎてしまったものの、これでどうにかお茶会を始める準備は整った。

ベルファストは深々とお辞儀《じぎ》をしながら短い挨拶《あいさつ》を始める。

「お集まりいただき誠にありがとうございます。僭越《せんえつ》ながら、本日も皆さまの日頃の労をねぎらうために各種様々な紅茶をご用意させていただきました」

そこまで淀《よど》みなく口にすると、テーブルの上に皿を置いたウォースパイトが立ち上がった。

「これは私が初めて作ったスコーンだ。ぜひ紅茶とともに召し上がってほしい」

「あら、ウォースパイト様がスコーンを？」

そんな驚きの声がして、ベルファストとウォースパイトの二人が同じ方向を見る。

落ち着いたその物腰と言葉には、大人の女性らしさと気品に溢れている。つい視線が滑りがちになるその胸の膨らみは、円卓の向かいに座る女王とはあまりにも対照的であった。

長いつばのついた帽子と純白のドレスのその女性——イラストリアスは、ウォースパイトに柔らかい微笑を浮かべながら頰に手を当てる。

「すごく興味が湧きますわ。昔からお菓子作りをしていらしたのでしょうか？」

「昔からではないが、自信作だ！」

そう言ってウォースパイトはナプキンに手をかけると、素早くさっと取り払った。

途端、スコーンを目《ま》の当たりにしたその場の全員が硬直する。

「どうだ？　なかなかのものだろう？」

皆の空気とは対照的に、鼻高々に言ってのけるウォースパイト。

それは確かになかなかのものであった。

まず最初に思うのがそのデカさだ。本来の一口大とは打って変わりまるでソフトボールのよう。次にその色である。あまりに黒い。一瞬オーブンから間違えて石炭を取り出してしまったのではないかとベルファストは本気で疑ってしまった。

「ウ、ウォースパイトさん……それは、本当にスコーンなのですか？」

イラストリアスの隣にはフッドも座っていた。いつもの優雅《ゆうが》な佇《たたず》まいはどこへやら、海域で待ち伏せしていた敵艦を発見した時よりも驚いた表情でそう問いかける。

「もちろんだとも。さすがのフッドもあまりの出来栄《できば》えに驚いているのか」

フッドの隣にはプリンス・オブ・ウェールズも座っていた。彼女は満足そうに鼻を鳴らすウォースパイトに向かって、スコーンを見つめながら尋ねる。

「ち、ちなみにそのスコーンには、チョコが入っているのでしょうか？」

「何を言ってるんだウェールズは。これはプレーンスコーンだ」

わずかな望みを託《たく》しての問いかけだったらしい。不思議そうに首を傾《かし》げるウォースパイトをよそに、ウェールズは「ああ……」と短く声を漏らして顔を伏せた。

「ま、まぁでも食べてみようかしら。ね？」

エリザベスが気を取り直したように全員に声をかけると、早速《さっそく》イラストリアスが一つのスコーンを取って自《みずか》らの席に置かれたお皿の上に置いた。すると他の者もそれに倣《なら》うようにそれぞれの皿の上にスコーンを取っていく。

「なかなかの、力作ですけど――」

そう漏らしながら、イラストリアスはスコーンを小さく割って口に入れた。

ベルファストは固唾《かたず》を呑《の》んでその様子を見守っていた。

「ど、どうですか？　イラストリアスさん……」

フッドの言葉に対して、イラストリアスは普段通りの笑顔を見せたまま。

「どうやら大丈夫そうだな……。では私も一口」

そう言って、次にウェールズが口に運んだ。

「……うっ!!」

次の瞬間、ウェールズの表情がみるみるうちに土気色《つちけいろ》に染まっていった。

「大変です！　イラストリアスさん、よく見たら笑顔のまま意識を失っています！」

ようやくフッドがイラストリアスの様子に気づくと、ウェールズも座ったまま円卓に顔を突っ伏して気絶する。

「な、なぜだ……こんなにも美味しそうに焼けているのに！」

さすがにウォースパイトも異変に気づいて、愕然《がくぜん》とした表情を見せながらその場を後ずさった。

「べ、ベル！　すぐに胃薬を持ってきなさい！　早く！」

エリザベスにそう言われるまでもなく、ベルファストは颯爽とその場から駆け出していた。

今までの中でも一番の脚力を発揮《はっき》した瞬間であった。


——数十分後。

ようやく混乱の収まった中で、ウォースパイトは自らのスコーンをもぐもぐと口にしていた。

「……初めてにしてはうまくできたと思ったのだが」

言いながら本人はぺろりとそのスコーンを平らげる。

「ご……ご本人は大丈夫のようですね……どうしてかはわかりませんが」

またしてもいつもの優雅な佇まいはどこへやら、フッドは海域でセイレーンに遭遇《そうぐう》した時よりも強張《こわば》った表情で彼女を見つめていた。

「その……具合のほうは大丈夫でしょうか？」

ベルファストは、ようやく意識を取り戻したイラストリアスに優しく声をかける。

「あ、ありがとうございます……もう平気ですわ」

青白い表情で健気《けなげ》に笑うと、同じようにスコーンを口にしたウェールズも頭を押さえながら笑顔を浮かべていた。

「の、喉が渇《かわ》いてしまって……そろそろ紅茶を一杯もらいたいのですが」

気後《きおく》れしながらも、ベルファストは丁寧にお辞儀をする。

「かしこまりました」

そうして円卓を離れ、エディンバラのそばにあるカートの前に立つと、そこには紅茶の茶葉が豊富に取り揃《そろ》えられていた。

アールグレイ、ダージリン、ウバ、ディンブラ、ニルギリ、キームン。

中でもダージリンは、ファーストフラッシュと呼ばれる春摘《はるつ》みの茶葉で、摘むのに一番適した時期の最高級品であった。

爽《さわ》やかな香りを放つダージリンのファーストフラッシュは、今日のような暖かい春の昼下がりにぴったりである。早速、この茶葉で紅茶を作ろうとしたその時だった。

「そうだ、ベル。ちょっと待って」

ダージリンの缶を手に取ったベルファストに、エリザベスが声をかける。

「どうされましたか？」

「今日はベルのじゃなくて、エディの淹《い》れた紅茶が飲んでみたいわ」

「姉さんの、ですか？」

缶を手にしたままベルファストはエディンバラの顔を見た。

すると彼女もきょとんとした表情をしながら、自らに人差し指を向ける。

「えっと。わ、私ですか？」

「他にいないじゃないの」

当然といったように頷くと、エリザベスはエディンバラを左手で示しながらテーブル席に座っているお茶会のメンバーを順番に見回した。

「皆も飲んだことはないでしょ？　実はエディの作った紅茶ってベルとは全然違う味なの！」

「確かにこのお茶会で、彼女の淹れた紅茶を飲んだことはありませんね」

イラストリアスが正直にそう答えると、少し興味を覚えたのかプリンス・オブ・ウェールズが右手をゆっくりと挙げた。

「それは……同じ茶葉でも味が変わるのだろうか？」

エリザベスは身を乗り出しながら、無邪気に笑う。

「それがもう見事に変わるの！　ね。意外でしょ？」

「なるほど。それはぜひ頂いてみたいですね」

そう言ってフッドはエディンバラを見ると、空のカップを持ち上げて言った。

「こちらに、一杯よろしいでしょうか？」

呆然《ぼうぜん》としていたエディンバラは、しばらくそのカップを見つめていた。まさか自分が話題の中心になるとは思ってもいなかったようで、

「エディンバラさん？」

確認するようにフッドがもう一度声をかけると、ようやく声をかけられていることに気づいたのか、びくっと身体を震わせながら返事をした。

「……あ。は、はいっ！　今すぐにっ」

慌ててカートのほうに振り返ると、さっそく持ってきた茶葉を見て迷い始める。

「ど、どうしようベル。いつもお茶会の紅茶はベルに任せてたからわかんないよぅ……」

「落ち着いてください、姉さん」

小声で会話をしながら、ベルファストは持っていたダージリンの缶をカートの上に置く。

「紅茶の淹れ方を知らないわけではないでしょう？　ならばあとはどの茶葉を選ぶかだけです」

「べ、ベルならどうするの？」

「私は先ほど持っていたこのダージリンを――」

「こらっベル！」

アドバイスをしようと思った矢先に、背中からエリザベスの声が飛んできた。

「今日はエディが選んでエディが淹れるの！　じゃなきゃ意味がないでしょ」

「申し訳ありません」

ベルファストは、すぐに身体を彼女のほうに向けて謝罪をする。

「……ということで、私にできるのはここまでです。あとは姉さん一人で頑張って」

頭を下げながら唇《くちびる》をなるべく動かさずにそう告げて、ベルファストはその場を後にする。

残されたエディンバラは涙目になりながら、両手で缶を持って狼狽《うろた》えていた。

「ど、どれにすればいいのかわからないよぉ……っ」

カートの上の缶を持っては置いてを繰り返し、ようやく決めたかと思えば再び別のを選び始める。

なにせ、先ほどのスコーンの後である。半端なものを出すわけにはいかないというプレッシャーが襲《おそ》うのは当たり前のことであった。

ベルファストは遠巻きからその優柔不断な彼女の手つきを眺《なが》めていた。あの様子では自分が淹れる時よりも不安で、つい見ていてはらはらとしてしまう。

「こ、これにしますぅっ！」

ようやく彼女が手にしたものは、ニルギリのオータムナルの缶だった。カレーの国原産の茶葉だが、去年の秋の暮れごろに入手したもので決して品質の高いものではない。

数ある品質が高いものの中から、なぜそれを手に取ったのか。そう思うベルファストをよそに、姉は危なっかしげにポットに湯を注いでふたをした。

「す、少しだけお待ちくださいね」

努めて明るい笑顔を作ってはいたものの、拭《ぬぐ》えないぎこちなさが顔にはっきりと見てとれるほどだった。当然のごとく、円卓席でもエリザベス以外は皆一様《いちよう》に不安そうな表情を浮かべている。

やがて時間を置いたポットを手にすると、エディンバラはお茶会のメンバーのティーカップに紅茶を注いで回った。最後の一滴をエリザベスのカップに注ぎ終えると、一仕事を終えたようにほうっと息を吐いて戻ってくる。

「き、緊張したよぉ……」

「お疲れ様です、姉さん」

ねぎらいの言葉をかけながら、ベルファストは円卓を見つめる。

先ほどまでの空気を払拭《ふっしょく》するために呼ばれた姉の紅茶は、果たして如何《いかが》なものなのか。

誰も何も言わぬまま、それぞれがカップに口をつけていく。

中庭の木々が優しい風に吹かれて、緑葉《りょくよう》がこすれ合う音だけがその場に届いていた。

「——あら?」

最初に口を開いたのはイラストリアスであった。口をつける前のおそるおそるといった表情とはまるで違って、驚きと感動を表情に浮かべながら顔を上げる。

「とても美味しいです、エディンバラさん。いつも淹れてくださるベルファストさんのものも確かに素晴らしい味わいなのですが」

続くフッドも頷きながらカップを口から離して、エディンバラを見つめた。

「こちらの方が素朴《そぼく》で優しい味わいですね。オータムフラッシュからでもこのような味が出るのかと驚いています。さっぱりとした味わいなのですが、どこか気分が落ち着くというか」

続々とやってくる高評価の声に、誰よりも一番驚いているのが淹れた本人のエディンバラだった。

ベルファストの横でしばらく呆然としていた彼女は、やがてはっとしたように眼鏡に触れると、ペコペコと頭を下げながら恐縮《きようしゆく》そうに身を縮《ちぢ》めた。

「あ、ありがとうございます！」

「私も──」

そこでぽつりと、エリザベスの横にいたウォースパイトが口を開いた。

円卓にゆっくりとカップを置くと、それをじいっと見つめながら膝《ひざ》の上でこぶしを握る。

「私も……とても美味しかった」

「ね？　言った通りでしょ？」

エリザベスは隣でそう笑いかけると、そのままベルファストに向けてカップを寄越《よこ》した。

「ほら、ベルも飲んでみなさい。エディの淹れた紅茶、飲んだことないでしょ？」

ぐいと近づけられるカップを見つめながら、ベルファストは躊躇《ちゅうちょ》する。

「これは陛下のカップですよ」

「ベルなら構わないわよ。間接キスでもね」

ためらった理由はそこではない。だがこれ以上は強く断るわけにもいかなくなって、ベルファストはカップをそっと受け取った。

口にする前にちらりとエディンバラを見る。

いつの間にか彼女は他のお茶会メンバーから円卓の前に呼びつけられていた。

感想を次々に浴びせられている姉の人気者っぷりを間近《まぢか》で目にしながら、ベルファストはゆっくりと紅茶に口をつける。

――これは……。

一口飲んで、すぐにその味わいに驚かされた。

もちろんニルギリの味には違いないのだが、ほんのわずかにだけど、自分が以前に同じ茶葉を使って淹れてみたものよりも渋《しぶ》みが少ない気がした。

元々のマイルドな味わいから、またさらにほんの少しだけ飲みやすさが増している。素朴で優しい味わいというフッドの言葉は、まさしく味の表現としてこれほど的確なものはなかった。

――一体あのニルギリから……どうやってこんな。

「ベル、どう？」

はっと我に返ると、エリザベスが嬉しそうに笑っている姿が目に入った。

複雑な思いがありつつも、ベルファストは正直に答えた。

「すごく美味しいです」

「ほらね」

カップを返すと、エリザベスはベルファストの顔を見ながら言った。

「この味はきっとベルには出せないと思うわ」

「私には……出せない？」

ベルファストは先ほどの姉が淹れていた姿を思い返してみる。

淹れる際にこれといって特別なことをしたわけではなさそうだった。かといって姉の姿をずっと見守っていたわけでもないので、もしかすると途中で別の茶葉を加えてブレンドさせたということも考えられなくはない。

一度そう思って、しかしすぐにベルファストは首をふった。

——そんなバカなこと……あの姉さんの性格からはありえません。

ドジで不器用なところはあれど、率直《そっちょく》で正直なところがエディンバラの魅力であると妹のベルファストは常々《つねづね》思っていた。紅茶を淹れることを指名された時に、あれだけ慌てふためいていたのもその性格が表れている。隠れて何かを混ぜるような余裕があったとは考えられない。

なぜ、これだけの美味しい紅茶を淹れることができたのだろうか。

純粋な興味として、ベルファストは今すぐにでも姉にそのことを問い質《ただ》してみたかった。

だが、

――今は……なりません。今は陛下のいる手前。しかもまだお茶会の最中です……。

この素朴な味わいの出せる紅茶を、ぜひ自分でも淹れてみたい。

無表情に立ち続けるベルファスト。

ところがその心中では、メイド長としての血が疼《うず》いて仕方がなかった。

＊＊＊

陽はすっかり沈んで、現在は午後八時を少し過ぎた頃。

お茶会が終わってからすぐに夕食の準備へと取りかかったベルファストは、忙しさに追われ続けていまだに紅茶のことをエディンバラに訊《き》けずにいた。

だが、その忙しさもようやく終わりを迎える。

すべての寮生が夕食を終えた今、残りは汚れた食器をキッチンで一斉に洗う仕事があるだけだ。

ほっとしたのもつかの間、突然がちゃがちゃとお皿同士が擦《こす》れ合う音を耳にしてベルファストはその場に固まった。

嫌な予感しかしないまま、急いで音のありかを探すと、やはりと言うべきか、厄介《やっかい》ごとになりそうな状況がまたしても彼女の目の前で繰り広げられていた。

「Ｏｏｐｓ……た、高く積みすぎちゃったかなぁ……」

その声の主は、ベルファストから数メートルほど離れた場所にいた。

メイド隊の一人であるカウンティ級巡洋艦、ケントである。

彼女の両手には今、二十枚以上もの汚れたお皿が積み上がっていた。

明らかに積み過ぎだとしか思えないそのお皿の塔が、右へ左へと危なっかしげに揺れている。

覚束《おぼつか》ない足取りで歩くその姿は、進行方向がちゃんと見えているのかどうかも怪《あや》しかった。

というよりも、確実に見えていない。

「ケント。そのまま私が行くまで動かないでください」

容易に想像がつく最悪の未来を避けるため、ベルファストはおそるおそる呼びかけた。声のボリュームも驚かせないようになるべく落としたつもりであった。

なのに——

「Ｗｈａｔ？　どうしたのメイド長？」

むしろそれが裏目に出てしまった。

後悔してもすでに遅い。皿をがちゃがちゃ言わせながら、ケントがベルファストのほうに振り返ろうとした。その瞬間バランスを崩《くず》して前傾姿勢になった彼女の前方から、お皿でできた塔が緩やかな崩壊《ほうかい》を始めていく。

直後、ベルファストは駆け出していた。

あっという間に距離を詰めると、真っ先に落ちてきた一枚のお皿が床に落ちる寸前でキャッチをする。続いて頭上に降り注いでくるお皿も、屈《かが》んだまま二枚、三枚と両手で器用に受け止めた。

幸いにも崩れて落ちてきたのは三枚だけかと思っていると、

「わ。わわわっ！」

ケントはどうにかうまくバランスを取ろうとしたが、不幸にも反動でさらに数枚のお皿が滑り出してしまう。いくら運動神経のいい彼女でも両手がふさがった状態で後ろに滑り落ちる皿を拾うのは不可能で、受け止めきれなかった二枚のお皿が激しく床に叩《たた》きつけられた。

ベルファストは顔を上げると、さらにダメ押しのように最後の一枚がずり落ちてくるのが見えた。

これ以上落としてなるものかと、三枚の皿を床に置いて屈んだ状態から大きく後ろにのけ反った。背後の床に手もつかず、そのままバック宙返りで飛び上がってお皿を受け止める。

受け止めたはずだった。

油まみれのお皿は摑んだ瞬間つるんと滑ってしまうと、まるでフリスビーのように回転しながら大食堂の中を真っ直《ま　す》ぐに飛んでいく。

空気を裂くように回り続けたお皿は程なくして壁にぶち当たると、最後の一枚にふさわしく派手《はで》に割れて床に大きく散らばった。

「…………」

よりにもよって自身でフィナーレを演出してしまったベルファストは、思わず顔がかぁっと赤くなってしまった。

「ど、どうしたの⁉　今の音は？」

皿洗いをしていたエディンバラがびっくりしてキッチンから飛び出してくる。直後にサフォークとシェフィールドも何事かと扉から顔を出した。

「Ｓｏｒｒｙ……メイド長」

しゅんとするケントを見ながら、気を取り直してベルファストは答える。

「割れたお皿で怪我《けが》をするといけないので私が片付けます。今度からは欲張って一度に持たないようにしてくださいね」

「Ｙｅｓ……」

反省している彼女に笑いかけながら、掃除用具を取りにキッチンの中へと向かう。

「わ、私もお皿を洗い終わったら手伝うよ？」

キッチンの中に入ると、すぐにエディンバラが駆け寄ってきた。

「姉さんはそのままお皿洗いをお願いします。まだまだ洗うお皿はありますので」

ほうきとちりとりを持って再び大食堂へと出ると、ベルファストはメイド隊が食器を片付けている間に、散乱したお皿の破片を丁寧に集めて、燃えないゴミの集積所へと捨てに行った。

拾い集めた破片すべてを捨てて戻ってくると、今度は割れたお皿から飛び散ったソースや残飯も綺麗《きれい》にふき取って、最後に水拭《みずぶ》きのモップ掛けも行なっていく。

時間の感覚がないまま作業を続けてようやく壁にかけられた時計が目に入ると、

「あら。もう日付が変わって……」

いつの間にか時刻は午前零時を三十分も回ってしまっていた。

慌ててキッチンの様子を見に行くと、すでに天井の明かりは消されて調理用テーブルに載ったカンテラの明かりのみが点《つ》いていた。

「……姉さん？」

テーブルの前にはエディンバラが座っている。

近づいてみると、彼女は眼鏡をかけたまま、身体を突っ伏してすやすやと寝息を立てていた。

――掃除が終わるまで、待っていてくれたのですね。

ケント、サフォーク、シェフィールドたちの姿はすでになかった。

掃除に集中しすぎていてすっかり失念《しつねん》してしまっていたが、今から二時間ほど前に、うっすらと彼女たちの挨拶を聞いて返事をしていたことを思い出した。

ベルファストは眠っているエディンバラの横に立って、そっと彼女の髪を撫《な》でる。

「んんぅ……」

エディンバラは吐息《といき》を微かに漏らすと、まだ夢から覚めたくないように眉をひそめた。

「こんなところで寝てしまっては、風邪をひいてしまいますよ。姉さん」

姉の突っ伏した身体を起こすと右手を彼女の膝裏《ひざうら》へと持っていき、そっと持ち上げる。

お姫様抱っこのような態勢で抱きかかえると、ベルファストは彼女を連れてキッチンを出た。

「そういえば、紅茶の淹れ方を訊けませんでしたね……」

そう呟いてみるも、エディンバラは眠ったままだった。

エディンバラにしか出せない味と言ったエリザベスの言葉が、ベルファストの頭の中にずっと引っかかり続けていた。

「姉さんは……どうやって自分であの味にたどり着いたのでしょうか」

大食堂の扉を身体で押し開けて廊下に出る。

三階にある二人の部屋までやってきたところで、ベルファストはふと一つの結論を導きだした。

姉にしか出せない味を再現したい。

ならばいっそ姉になりきって生活してみるのはどうだろうか、と。

「ふふ……私は何を考えているのですか」

自らの思いつきを、呆《あき》れたように笑いながら部屋のドアを器用に開けて中に入る。

「人は誰かになれない――そう言ったのは、他でもない私自身ですよ？」

そして誰かに向かって言っているのかわからない言葉をぼやきながら、それでも後ろ髪を引かれる思いで床《とこ》についたのだった。

＊＊＊

翌日も同じく、春の陽気で暖かい日となった。

ところがロイヤル寮の空気は、そんな昨日とはまるで一変していた。

「――へ。陛下……どうか、落ち着いてくださいっ」

廊下にエディンバラの大きな声が響き渡ると、近くを歩いていた少女たちも何事かと歩みを止めてその様子を見つめていた。

「わ、私もこんなことはおかしいなって思ってるんです……でも、もしかしたら昨日はいろんなことが重なったせいで疲れていて、だから体調を崩しているのかもって――」

「理由はすべて本人から聞くわ！　だからエディはこの手を放しなさいっ！」

すでに皆の起床時間から一時間も過ぎた頃、クイーン・エリザベスはエディンバラを引きずりながら真っ直ぐに姉妹の部屋へと向かっていた。

その表情から見てとれる感情は、憤怒《ふんぬ》以外の何物でもない。

眉はV字につり上がり、頬はリンゴのように真っ赤に膨らんでいた。小柄な両肩を高く張って歩くさまは、自分より背の高い相手に対して見せる威圧《いあつ》の象徴である。

ドスドスと靴音を踏み鳴らしながら部屋にたどり着くと、ノックもせずにドアを開け放った。

「ちょっとベルっ！　どうして私を起こさなかったの！」

ぐるる、とエリザベスは獰猛《どうもう》な獣《けもの》のように喉を鳴らして上下の二段ベッドを睨《にら》みつける。

「エディ！　ベルは上か下かどっちよ？」

「う、上ですけど」

エディンバラがそう言った瞬間、エリザベスは二段ベッドのはしごに飛びついた。

「起きなさいベル！　起きなさいってば！」

はしごを登り切ったエリザベスは、ベルファストが眠る布団に向かって大声で喚《わめ》きながら、何度も何度も布団を揺さぶる。

「朝だってばベル！　いつもいつも私を起こしに来てるように、今日はこっちが来てやったわ！　絶対に許さないんだから！　ほら、起きなさいよベル！」

それを後ろで眺めていたエディンバラは、下にズレた眼鏡を押し上げながらふと思った。

「もしかして陛下……、ちょっと楽しんでません？」

事実、エリザベスは楽しんでいた。

こうして誰かがベルファストを起こすなんてことは、本来であれば絶対にありえない。これまで彼女はずっと、寮生たちに奉仕するメイドの鑑として振る舞い続けてきたからだ。

寝坊なんてことは前代未聞《ぜんだいみもん》。もしくは空前絶後《くうぜんぜつご》。あるいは驚天動地《きょうてんどうち》ともいうべき一大事件だった。

同じ部屋のエディンバラだって、早朝のキッチンにベルファストがいないのは初めての経験であった。先ほどその状況に遭遇した瞬間も、エディンバラはベルファストが遅刻しているだなんて夢にも思わず「どこかで掃除しているのかな」と、軽く考える程度のものだったのだ。

テーブルには、おそらく前日に彼女が済ませていた朝食の下準備があった。なので一人でも時間通りに朝食は立派《りっぱ》に完成したし、他に憂慮《ゆうりょ》すべき問題も特段何もなかった。

ただ、それがまさか皆の朝食が終わっても姿を見せないばかりか、よりにもよってエリザベスを起こしに行く当番さえもすっぽかしてしまうとなると話は別だ。

春なのに雪が降るのではないかと、エディンバラは世界の生態系すら危ぶんで考えてしまった。

「起きろってばベルぅーっ！　ほら、おーきーろーっ！　あはははっ！」

とうとうエリザベスが普通に笑い声を出してしまうと、エディンバラもベッドのそばまで行ってベルファストに呼びかけた。

「ねぇベル、どうしたの？　もしかして具合でも悪いとか？」

その時ベルファストのベッドが、突然布団がむくむくと大きく膨れ上がった。

どんどんと膨らみ始めた布団は、やがて包んでいた人物の姿を隠し切れなくなってベッドの上にはらりと落ちる。

エディンバラもエリザベスも、思わず言葉を失った。

上半身を起こしたベルファストは、完璧にメイド服を着こんでいた。

それからゆっくりと二人のほうに振り返って、

「うっかり寝坊してしまいました。申し訳ございません」

と、非常にはきはきとした謝罪の言葉を述べる。

どう聞いても覚醒《かくせい》したばかりのものではない。

その両目はぱっちりと二人を見据《みす》えていた。微睡《まどろ》んでいるわけでも、目が眩《くら》んでいるわけでもない。朝の陽光に慣れて数時間は経っている者の、真っ直ぐなまなざしである。

髪の毛もやや跳ねてはいるけれども寝ぐせとは程遠い。枕に横になっていたせいで生じたものであることは疑いようもなく、ほとんどは櫛《くし》を通したようにサラサラだった。

「ベル……まさかとは思うけど、ちゃんと起きてたの？」

エディンバラの言葉を聞いて、ベルファストはきょとんとした。

——なぜ、ばれてしまったのでしょう？

現在の時刻は午前九時半過ぎだが、実際は五時間も前にベルファストは目覚めていた。日課であるキッチンの窓を開けて、小鳥たちに餌《えさ》をやってから、すぐに朝食が作れるように下準備もした。

そこまでしておきながら、再び部屋に戻って布団に潜《もぐ》り続けていたのには理由がある。

――姉さんに成り切ってみる。そうすることで、見えるものがあるかと思ったのですが……。

つまりチャレンジ精神が、妙なベクトルに向いてしまった結果がこれなのであった。

しかしベルファストにはわからなかった。三日に一度は寝坊をする姉の行動を見事に体現してみせたのに、どうしてすぐにばれてしまったのか。

「ベル。今のエディの言った通りよ。タヌキ寝入りしていたのね？」

エリザベスがむーっと頬を膨らませる。

「……いいえ」

曲がりなりにも成り切ろうとした思いが、素直な言葉を使わせなかった。

そしてそれが、とっくに嘘《うそ》を見透かしているエリザベスにとっての火種《ひだね》ともなった。

「ベルとエディは今すぐ私の部屋に来なさい！　特にベルは逃げたりしたら、もっと許さないんだからね！」

そう言って、エリザベスは再びドスドスと足を踏み鳴らして部屋を出て行った。

残されたエディンバラはおろおろとしながら、ベルファストと入り口の扉を交互に見やる。

「ど、どうしたのベル。今日はなんだかおかしいよ？」

「…………」

ベルファストは何も答えようとはしない。

ここまでやってしまっては、もう直接姉から訊き出すこともためらわれた。

あの味を再現するにはもうこれしかないと思いながら、ベッドを下りる。

そこでふと、ベルファストはエディンバラに振り返った。

「姉さん、一つ頼み事があるのですが」

＊＊＊

言われた通りにクイーン・エリザベスの部屋へとやってくると、豪奢《ごうしゃ》なシャンデリアの下でなぜかエリザベスが二人に背を向けてドレッサーを漁《あさ》っていた。

「ちょっと待って……確かここにあったはず——あったわ！」

嬉しそうな声をあげながら、エリザベスはくるりと二人を振り返る。

ところがその表情も、ベルファストの顔を見るなりすぐに曇《くも》ってしまった。

「……ベル？」

「なんでしょうか、陛下」

「どうして眼鏡をかけているのかしら？」

エリザベスの言葉通り、ベルファストはエディンバラから借りた眼鏡をかけていた。

成り切るためには、姉と同じ景色を見てみるのも必要なことだと思ったからだが、いざ眼鏡越しに目の前の景色を見つめると、景色が変に歪《ゆが》んでいて頭がぐらぐらしてくる。

ただこの景色こそが姉の見ている世界なのだと思うと、早々にギブアップするわけにもいかず、自らの意志を貫《つらぬ》こうとしてどうにか頭痛を我慢《がまん》しながら立っていた。

「……まぁいいわ。それよりもベルは私を起こさなかった罰《ばつ》として、罰ゲームを受けてもらうわ」

「罰ゲーム、ですか？」

「そう。これよっ！」

ドレッサーから取り出したものを、エリザベスが両手で持ちあげるようにして見せる。

それは、藍色の水着であった。

「スクール水着というの。明石《あかし》が持っていたものだけど、今からベルはこれを着なさいっ！」

「そ、それはまさかあの時の……っ！」

水着を見た瞬間、驚愕《きょうがく》の表情を浮かべる姉に対してベルファストが顔を向ける。

「あの時、とは？」

エディンバラは顔を真っ赤にすると、左右の頰に両手を当てながら膝から崩れ落ちた。

「……二カ月前のことよ、私がうっかり寝坊して陛下を起こせなかった時に着せられたものなの。あの時のことを思い出すと……ううぅ」

身悶《みもだ》えしている様子を見るに、どうやらよほどのトラウマだったらしい。

恥じらいと後悔が同時に押し寄せている姉をよそに、エリザベスは悪魔的な笑みを浮かべてベルファストを見る。

「さぁ水着を着なさい。そしたらベルの恥ずかしいポーズをこれでめいっぱい撮ってやるわ！」

そう言って取り出したのは一眼《いちがん》レフのカメラであった。

カメラを見るなり、またしてもエディンバラがきゃあきゃあと恥ずかしそうに首を左右に振る。

「……着ればいいのですね？」

ベルファストは水着を受け取ると、ドレッサーの中に入ってメイド服を脱ぎ始めた――

「――べ、ベル……っ！」

たとえ異性でなくてもまじまじと見つめられてしまうと、なんだかすごく被虐《ひぎゃく》的な気分になった。

目の前にはエディンバラが両手で顔を覆っている姿がある。だが指の隙間からはばっちりと、スクール水着を着たベルファストの姿を目に収めていた。

横には興奮《こうふん》気味にカメラを両手に持ったエリザベスがいる。

「いいわ！　そのまま見返り美人っぽく振り返って、お尻の水着ラインを少し直して！」

なぜか細かい指示を出してくるエリザベスに対し、ベルファストは背を向けながらお尻の水着ラインを指で引っかけてみた。

「そう！　そうよ！」

パシャパシャとすかさずカメラで接写するエリザベスだったが、

「うーん……なんだか少し絵が地味ね」

暗い顔をしてファインダーから顔を離した。

その後も突っ立っているだけのベルファストにファインダーを向けて、何度かパシャパシャとシャッターを切っては移動を繰り返しているのだが、不満そうな表情のままだった。

「うーん……ねぇベル。もう少し『えっち』な格好《かっこう》しなさいよ」

「え、『えっち』な……格好ですか？」

彼女の要求に、ベルファストは戸惑ってしまった。

異性を性的に刺激するようなポーズということは理解している。だが異性と触れ合う機会などほぼ皆無で、果たしてうまくできるかあまり自信がなかった。

「これでどうでしょうか？」

仰向《あおむ》けで寝そべって胸元を強調するように寄せてみた。

だが、エリザベスはちっとも満足していない様子で頰を膨らませる。

つもりだった。

そのままごろんとうつ伏せになって、顔に少しだけ髪の毛をかけて色っぽさを強調してみたつもりだった。

しかし、これまたエリザベスは無言で首をふるだけ。

どうすればいいのかわからなくなり上半身を起こして悩んでいると、

「ベルはあまりに淡々《たんたん》としすぎてるの！　なんだか動きも固くてぎこちないし。これじゃ、ちっとも『えっち』に見えないじゃない！」

「そう言われましても……」

どうすればお気に召すようになるのか判然としないベルファストに、エリザベスはエディンバラを指さして言った。

「う～つまらない！　全然恥ずかしがらないから罰ゲームの意味がないわ！　エディはうっかり転んだりして『えっち』なポーズになっちゃったりしてたのに！」

「ちょ……へ、陛下‼　あの時の話はベルにしないでください！」

エディンバラが慌てて立ち上がってその口をふさごうとすると、エリザベスはカメラを持ったまま逃げ出した。

「ベルはつまらない！　エディなんてずっと『えっち』だったんだからっ、足なんか、こうがばーっと開いちゃって――」

「やめてくださいってば！」

二人でぎゃあぎゃあと仲良く追いかけまわる姿を見ながら、ベルファストはなんだか自分だけが一人で取り残されたような気分になって身体を起こした。

──私は……『えっち』になれないのですか。

人は誰かになれない。

いつか、そう口にしたのは他ならぬベルファスト自身であった。

──私は……姉さんには成り切れないのですか。

わかっていながら、それでもあの紅茶の味の秘密を知りたい。

「──陛下。見てください」

追いかけっこをしていたエリザベスとエディンバラが、ベルファストの呼びかけに対してぴたりと足を止める。

「私は『えっち』なポーズというものが不慣れでうまくありませんが……要するに、私自身が恥ずかしいと思うようなポーズであればいい、ということですか？」

覚悟を決めたように、ベルファストは自らのスクール水着の右肩部分にそっと左手をかけた。

「姉さんの話を聞いて……思いました。自分が恥ずかしいと思えば……それは『えっち』なことなのですね──」

水着を右肩からずらしていく。

際どいと思った部分で手を止めればいいのだ。

でもどこまでずらせば恥ずかしくなるのかは、やってみなければわからない。

――ならば、やってみせましょう。

そう思って、一気に大胆《だいたん》に水着をずらそうとした時だった。

「ベルっ‼　もうやめてっ！」

駆け寄ってきたエディンバラによって、左手を摑まえられてしまうとベルファストは一瞬何が起こったのかわからずにぽかんとしてしまう。

「どうしたの⁉　今日は本当に様子がおかしいよっ！」

哀《かな》しそうにそう告げるエディンバラの表情は、姉として本気で妹を心配している顔であった。

水着の右肩部分にかけていた左手が離れ、だらりと床についた。

「あーもうっ！　やめよ、やめ！」

エリザベスもカメラを天蓋付きのベッドに放り投げる。

「そもそもこれって罰ゲームなのに、ちっとも罰ゲームらしくならないじゃない。ベルも今日はなんだかとっても変だし！　解散よ解散っ！」

＊＊＊

午後になるとベルファストは姉と少し早めに夕食の支度《したく》をするため、キッチンへと向かった。

「——ご心配をおかけしました」

エディンバラはエリザベスの部屋を出てから今に至《いた》るまで、ずっとそばを離れようとはしなかった。

だから、安心させようと思ったのだった。

「もう落ち着きました。私は大丈夫です」

「……ホント？」

エディンバラは不安そうに顔を覗き込む。

今度はもう少し落ち着いた口調で、

「本当に、もう大丈夫ですから」

とエディンバラの両肩に触れながら、ベルファストはゆっくりと頷いた。

心配をさせてしまったことで、もう姉に成り切ろうなどという考えはなくなっていた。

率直《そっちょく》に紅茶の淹れ方を教えてほしいと訊けば良かったはずが、いつしかタイミングを見失って言い出しにくくなってしまっていた。

——今のこのタイミングならば、ちゃんと訊けるかもしれない。

もしそれが自分には出せない味だったとしても、その時は素直に姉を尊敬するだけであった。

「姉さん。私、実は訊きたいことがあって——」

キッチンに入りながら、そう口を開いた時だった。

「——二人とも、ちょうど良かった」

急に声がしてキッチンの奥を見ると、そこにはまたしてもウォースパイトがいた。

その隣にはメイド隊のサフォークが窯の火加減を見ていて、ベルファストたちに気づくと慌てたようにその場で立ち上がる。

「わぁ、メイド長とエディンバラさん！　こ、これはその……えと……。あれ。何を言おうとしてたんだっけ……？」

「昨日のことがあったから、私からサフォークに火の扱いを頼んだのだ」

補足するようにウォースパイトが答えると、サフォークは笑いながらこくこくと頷く。

「お菓子作りをしたいって言うので、手伝ってましたぁ」

「そういうことでしたか」

そこでベルファストは、すでに焼き上がったチェリーパイがテーブルに載っていることに気づく。

「これは、ウォースパイト様が焼いたものでしょうか？」

「ん？　ああ。そうなんだ。まだ焼き加減はうまくはいってないんだが……」

そのチェリーパイは少しだけ焼き過ぎてしまったらしく、さすがに昨日のスコーンほどではないけれどもやや黒ずんでしまっている。

ベルファストは窯に近づいてふたを開けると、

「ウォースパイト様。パイを置いた位置はどの辺りでしたか？」

ウォースパイトは窯のそばまでやってきてその位置を指で示す。

「確かこの辺りだった気がするが……」

「ちょっと火元に近すぎたかもしれませんね、あと数センチほど右に離すとちょうどいいかと思います」

二人で窯の前に立ってそんな話をしていると、突然思い出したようにエディンバラがぽんと手を打った。

「そうだ！　洗い終えたベッドシーツをケント一人に任せっぱなしにしてたから、ちょっと手伝ってくるね」

「およ？　それじゃ私も行ってきます」

エディンバラに続いてサフォークもキッチンを出て行くと、残されたベルファストは再びテーブルの上のチェリーパイのところに戻った。

「でも、二回目にしてはかなりお上手です。誰かに一から教わったわけではないのですか？」

「ああ。図書館で調べて……レシピの真似《まね》をしようにも計量するカップが見つからず、目分量で」

「味見をしても？」

ベルファストの言葉にウォースパイトは一瞬だけためらいつつも、

「う、うむ……」

と恥ずかしそうに顔を赤らめて頷いた。

皿のすぐ横には包丁が置かれており、チェリーパイにはすでに切り込みが入っている。ベルファストは一片を取り上げるとそれをゆっくりと口に運んでいった。

「ど、どうだろうか……？」

何度か咀嚼《そしゃく》をして、呑み込んでから答える。

「甘すぎですね。砂糖が少し多めです」

しかしそれでも、昨日のお茶会で死屍累々《ししるいるい》の状況を生み出したスコーンとはまるで違っていた。初心者にしてはかなりのものだとベルファストが告げようとしたその時、

「どうしてうまくできないんだ！」

ウォースパイトは唇を噛《か》みながら握りこぶしでテーブルを軽く小突《こづ》いて叫んだ。

やり場のない苛立《いらだ》ちをぶつけながら悔《くや》しそうにしている彼女に、ベルファストは告げる。

「誰だってすぐに上達はできません。何事も繰り返して試していくことで、コツを掴んでいくものです」

「それはわかっている！　だが――」

ウォースパイトはぎゅっと目を瞑《つむ》ると、何か言いたげに息を吸い込んだ。

だがその言葉は喉の奥でつっかえたように途中で止まってしまう。

「今は誰もここにいません。私と――ウォースパイト様だけです」

あえて強調するように言うことで、ベルファストは彼女の心の声を誘い出してみようとした。

もし本当に聞かれたくないようなことであれば、おそらくそれ以上口にすることはない。

――そもそも、あまり弱音を口にしない方ですからね。

ベルファストはそれをわかっていたからこそ、彼女に強く聞き出すことはしなかったのだった。

長い沈黙がキッチン内を支配していた。

やはり心の内を打ち明けてはくれないかと思ったその時、

「繰り返せば上達するのは……お前たちも同じだろう？」

ウォースパイトは苦しそうな表情をしながら、かすれる声で小さく漏らす。

「私が毎日練習を繰り返しても、お前たちも毎日のようにお菓子を作っている……だから、その差が埋まることはないじゃないか……っ！」

「……経験の量は確かに違います。ですがなにも私たちと比べなくても」

「それではダメなんだ」

「どうしてですか？」

そこで、ウォースパイトが勢いよく顔を上げる。

その目尻《めじり》には、悔しさで溢れそうになった涙が滲《にじ》んでいた。

「いつもお前たちのお菓子を、陛下は美味しいと言って喜んでいるじゃないか！　口の中にめいっぱい頬張《ほおば》りながら！　これ以上ないってくらいに幸せそうな笑顔をしているじゃないか！」

「……はい？」

一瞬何を言っているのか、ベルファストはわからなかった。しかし、やがてこれが彼女の口に出したくなかった弱音なのだと気づき、はっと口を押さえる。

それから、おそるおそる彼女に向かって尋ねた。

「………えっと。それはその……つまり、自分がお菓子を作ることで、陛下から私たちと同じ笑顔を向けてほしい、と？」

かぁっとウォースパイトの顔が赤くなる。

どうやら図星のようだった。

まさか自らに向けられている嫉妬《しっと》の感情からくるものだったとは思わず、ベルファストが言葉を詰まらせていると、ウォースパイトは目尻に溜《た》まった涙を袖《そで》で拭ってチェリーパイを見つめた。

「私にだってこれくらい……お菓子くらい、うまく作ってみせるんだ」

「……心得ております」

ベルファストは、もう一度チェリーパイを口にしてみた。

やはりあと一歩といったところで、人の好みによってはこれでも十分に美味しいと言ってくれる。

——でも、陛下を納得させるにはまだ少し……。

そこまで思ってから、ベルファストは戸棚へと向かっていく。

「今日、あともう一回作ってみませんか？　まだ夕食の支度まで時間に余裕があります。私がおそばについて教えてあげられたら、美味しいものが焼けるかもしれません」


それからは共同作業であった。

生地の作り方を実際に目で見てもらい、気になったところはどんどん口にしてもらうことでチェリーパイを作る上での彼女の弱点を順番に潰《つぶ》していった。作業の途中では、スコーンの焼き方についても口にしていき、ウォースパイトはその都度《つど》メモを取っていった。

「ベルファストは、いつからこれほどお菓子について詳《くわ》しくなったのだ？」

生地が完成して後は焼くだけの時に、ふと彼女はこんなことを口にした。

「母港には書物がたくさんあります。それを読みながら、日々試行を重ねてようやく今の状態にまでなったのです。最初の頃はまだ誰かに出すレベルではなく、腕前などそれこそウォースパイト様よりずっと劣っておりました」

「なるほど。つまり私のほうが才能があるということか！」

「その通りです」

くすりと笑いながら、ベルファストは石炭が燃える窯のふたを開ける。

「さぁこの中にパイを入れてください。先ほども申し上げましたように、少し右側に離して置いてくださいね」

ウォースパイトは少しずつ慎重に、パイを言われた通りの場所に置いてからふたをした。

彼女の背中を見つめながら、ベルファストは思い出したように口を開いた。

「そういえば、確か書物に書いてあったことだと思うのですが、料理にもお菓子にも、最後に絶対欠かすことのできないことがあるんです」

「なんだそれは？」

ベルファストは両手を顔の前で組んでから、にっこりと微笑《ほほえ》む。

「それはお祈りです」

「お祈り、だと？」

「そうです。美味しさの最大の秘訣《ひけつ》は『食べてもらう人に美味しく食べてもらいたい』という気持ちをこめることなのだ、と」

ウォースパイトは窯のほうに振り返ってから、再びベルファストの顔を見る。

「……本気で言ってるのか？」

「はい」

「ここでその……陛下に向けてお祈りをしろと？」

「その通りです」

「『美味しくなあれ』とでも言うのかっ!?　この私が!?」

「もちろんでございます」

うぅーっと恥ずかしそうに顔を赤らめながらも、ウォースパイトは再び窯を見つめる。

しばらくはためらっていたものの、やはり美味しいと思ってもらいたい気持ちは他の何よりも勝っていたようで、そのまま窯に近づくとしっかり両手を組んで祈りはじめた。

「美味しくなあれ……美味しくなあれ……。私のパイを食べて、陛下がにっこりと微笑んでくれるような、極上《ごくじょう》の味になあれ……」

ぶつぶつと口の中で呟くように言うと、ウォースパイトはゆっくりと立ち上がった。

「これで……いいのか？」

「はい。問題ございません」

それから二十分ほど経ち、窯のふたを開けて中からパイを取り出した。

こんがりと狐色《きつねいろ》に焼けたチェリーパイに包丁を入れると、ベルファストは小さな一片を口に運んで味を確かめる。

「ど、どうだ？　美味しくなっているか？」

はやる気持ちで尋ねてくるウォースパイトに対し、ゆっくりと口の中に広がる風味を味わってからベルファストは言った。

「陛下もきっと、ご満足いただけるでしょう」

まさしくその一瞬であった。

ほんのわずかな隙だったのかもしれない。

ウォースパイトは普段は絶対に見せることのない愛らしい笑顔を見せた。まるであどけない少女のように心の底から嬉しそうに笑うと、

「よしっ‼」

ぐっと腰の前で握りこぶしを作ってから、高く天井に向かって突き上げた。

「陛下……っ！　これであなたに美味しいパイを食べさせることができます……っ！」

そして顔を上げながらしみじみそう言うと、そばにベルファストがいることを思い出してはっとこぶしを下ろした。

「こ、これくらいオールドレディには当然のことだ。ふ、ふんだっ！」

「もちろん承知しております」

一人分に切ったパイをお皿に載せると、ウォースパイトは大切そうに両手で抱えながらキッチンの扉へと向かっていく。

すぐに先回りして扉を開けてあげると、皿の中のパイを見つめたまま彼女はぽつりと言った。

「今日はありがとう……な」

うっすらと聞こえる程度のものであったが、ベルファストは黙って頷いた。

そうして去りゆく背中を見つめながら、いつまでもその感謝の言葉が耳に残ったまま扉の前に立っていたのだった。

＊＊＊

夕食が終わると、ケントは昨日のような無茶をせずにお皿を幾度《いくど》かに分けて運んでいった。

その後の洗い物も実にスムーズで、まるで昨日はなんだったのかと思うほどにあっさりと片付いてしまった。

時刻を見ると午後九時になったばかりで、いつもの就寝時間よりもずいぶんと早い。

「ベル。今日はいっしょにお風呂に入らない？」

キッチンの明かりを消して木製扉に鍵をかけると、姉の口からそんな誘いを受けた。いつもは仕事の合間を縫《ぬ》って別々に残り湯に入るのが常であったので、一緒に入ることはほとんどない。

しばらく考えてから、ベルファストは口を開いた。

「せっかくなのですが、私はこれから明日の準備でもしようかと――」

ところが最後まで言い切ることなく、その腕をぎゅっと握られてしまった。

「いっしょに入りましょうよ？　ね？」

エディンバラは少しだけ浮かない表情だった。

やはり午前中のことを気にしているらしく、これ以上心配をかけさせるのも悪いと思った。

「そう……ですね。久しぶりに行きましょう」


ロイヤル寮の一階廊下を北側に突き当たったところが、彼女たち専用の大浴場であった。

母港にある貯湯《ちょとう》タンクからパイプを通してやってくる循環《じゅんかん》式浴槽《よくそう》で、他の陣営の寮でも同じものが使われている。

たった一つ他の陣営と違うところといえば、その浴場が大理石で作られていることだろう。

脱衣所で服を脱いでタオル一枚で身体を隠しながら、二人は浴場のドアをくぐっていく。

すると、まだ浴場内には多くの少女たちが各々《おのおの》身体を洗いながら談笑している姿が目に入った。

「ベル、こっちこっち」

エディンバラに誘われるがまま、広々とした湯船の片隅《かたすみ》を陣取《じんど》って肩まで浸《つ》かると、一日の疲れがじんわりとほぐされていくのを実感した。

「裸《はだか》同士の付き合いって言うじゃない？」

ぼーっと天井を見上げているベルファストの横で、エディンバラはいきなりそんなことを言い出した。

「姉妹なんだし、もし悩んでいることがあったらなんでも言ってほしいなーって」

そこまで言うと姉は照《て》れくさそうにあはは、と笑って頭をかいた。

午前中にも感じたことであったが、眼鏡をかけていない姉の顔はベルファストの目にひどく新鮮に映った。

いつも見ているはずのその表情が、なぜだかいつも以上にお姉さんっぽく見えてしまう。

「……姉さん、あの」

二人で並んで湯船に浸かりながら、ベルファストはようやく訊き出したかったことを口にした。

「あの時の紅茶の味は……一体どうやって出したのですか？」

「あの時の……？」

「昨日の、お茶会のことです。私は美味しさの秘密を知りたくて……それで」

姉の真似をしてみたのだ、とは言えなかった。

今のエディンバラを見ていると、つくづく成り切ろうとしたことすべてが彼女の表面だけでしかなかったことを痛感させられてしまう。

妹は妹でしかなく、それがたとえ優秀で完璧なメイドであったとしても覆《くつがえ》らない事実だと、ようやく今になって思い知ったのだった。

曇った表情で俯くベルファスト。

それをしばらくきょとんとした目で見つめていたエディンバラは、

「あ……」

と何かに気がついたように声をあげて、そのままくすくすと湯船の中で笑い始めた。

「可笑《おか》しいですか？　本当に悩んでいるのです」

「ううん、ごめん。ちょっと意外だったから」

そう言いながらも笑い続ける姉を見て、ベルファストはどんどんと顔が熱くなってきた。これは恥ずかしいからではなく、湯の熱で身体が温まったからだと心の中で言い聞かせていると、

「それはね、ベル。きっとこれが足りなかったのよ」

エディンバラは顔の前で両手を組んでみせると、そのままゆっくりと瞳《ひとみ》を閉じた。

そして――

「美味しくなあれ、美味しくなあれ――ってね。やっぱり自分の作った料理や淹れた紅茶は、皆にも美味しく飲んでもらいたいもの。そうでしょ？」

「姉さん、それは――」

書物に書いてあった言葉だ、と言いかけてやめる。

ウォースパイトに口にした時はそう思っていたが、実際には違うことをたった今思い出した

のだ。

「まさか姉さん。それって前にも私に……」

「ん？」

　エディンバラは祈りのポーズのまま首を傾げる。

「前にも言ったことあるよ。ベルはこのお祈りが足らないって。レシピ通りじゃダメなのよ」

　さすがにこれにはベルファストもお手上げだった。他でもない姉の言葉だと知って、今度こそ顔の火照《ほて》りがお湯のせいでないことが明らかになる。

「……本当に、姉さんには敵《かな》いませんね」

「なんのこと？」

　尋ねるエディンバラに対して、ベルファストは何も答えない。

　ただにっこりと笑う姉の横で、ぶくぶくと音を立てながら顔を半分だけ沈めていく。

　つくづく自分が妹であるということを、思い知らされてしまったのだった。

第二章

『せんせいのお時間』

母港に、午後の二時を告げるサイレンが大きく響き渡った。

「うぅ……講習なんてもう受けたくないよぉ……」

紫《むらさき》色の髪をした少女が泣き言を漏《も》らしながら廊下を歩いていく。

つい数時間前に見せていた愛らしい笑顔が、今では見る影もなくボロボロになっている。

「わ、私の力〈†フォース†〉が……弱まっているだと……?」

その少し後ろには、茶色の髪をした少女がより一層暗いオーラを放ちながら歩いていた。やつれた表情で、自《みずか》らの右手をじっと見つめたままずっとぶつぶつ呟《つぶや》き続けている。

「うちは……もうお腹《なか》ペコペコ……」

「もう倒れそうだ……めしはまだなのか……」

さらに後ろでは二人の少女が、お腹をぐぅーっと鳴らし続けていた。示し合わせているかのように何度も交互に音を響かせ合い、まるで二匹の猛獣《もうじゅう》が威嚇《いかく》しあっているようだった。

べちゃ、べちゃっと音を立てながら廊下に泥《どろ》の足跡をつけていく少女たち——ジャベリン、ヨーク、シグニット、夕立《ゆうだち》の四人の背中を見つめながら、ベルファストは重苦しく溜息《ためいき》を吐いた。

「どうして……こんなことになったのでしょう」

現在ベルファストがいるのは、母港内にある戦術教室と呼ばれている校舎の中。

寮生活を営《いとな》んでいる少女たちは、たびたび指揮官からの要請《ようせい》で軍事委託《いたく》と呼ばれる任務に就《つ》くことがある。一度の委託に必要とされる人数はだいたい二から六名まで。内容は資材調達や防衛《ぼうえい》巡回など多岐《たき》にわたり、目標に対する達成難易度もバラバラだ。

ジャベリン、ヨーク、シグニット、夕立の四名はこれまで一度も軍事委託を経験したことがない。

なので今日はベルファストを含めた四名の経験者たちが講師となって、まだ委託が未経験の彼女たちに事前の講習を実施していたのだった。

実施していた、はずだった。

それが何をどう間違えたのか、今の四人は全員泥まみれになっている。

「えっと――」

いつになくベルファストも戸惑《とまど》いながらそう口を開いた。

「みなさま、とりあえず……身体《からだ》の泥を落としましょうか」

泣きべそをかくジャベリンを先頭に、四人はぞろぞろと教室を出てシャワー室のある方向へと歩いていく。

彼女たちがシャワーを浴びている間に、ベルファストは一足先に教室に戻っていった。

教室の扉をゆっくりと閉めると、再び大きく溜息を吐いて呟く。

「さて……私は何を教えればいいのでしょうかね」

ベルファストは、昨晩のことをゆっくりと振り返る――

――昨夜、夕食の時間が終わった直後のことであった。

「私が、講師ですか？」

「はい。明日、私の代わりにぜひお願いできないかと思いまして」

フッドは緑色の厚革《あつかわ》ソファーに座りながらにこりと微笑《ほほえ》みかける。

「指揮官の命令で、私は明日いっぱいここを離れることができないんです」

事情を口にする彼女のそばに立ちながら、しばしベルファストは考え込んでいた。

二人がいる場所は、ロイヤル寮とは別の寮舎であった。

ここは陣営に関係なく一度に十名しか住まうことができないと定められており、どういうわけか季節によって様々に中の家具が入れ替わるという、ちょっとした母港の七不思議とも言われている特殊な造《つく》りをした場所だ。

二階建てのこの寮舎は、各階に同時で五名までしか入ることができず、なぜ五名という制限があるのかはベルファストも詳《くわ》しく聞いたことがないのでわからない。

ただこの寮舎の一階で過ごした者の話だと、なんでも入る前よりも身体が軽くなったような気がするという。事実、サフォークが指揮官からの指示でこの寮舎の一階に入ったことがあり、戻ってきた時には普段のメイド仕事を前以上にてきぱきとこなせるようになっていた。

一方で、二階には別の効果があるという。なんでも入る前よりも口角《こうかく》がわずかに上がって、ちょっとしたことでも怒り出したりするようなことがなくなるという。事実、クイーン・エリザベスが指揮官からの指示でこの寮舎の二階に入ったことがあり、戻ってきた時には普段あれだけ嫌っている朝食のビーンズをニコニコしながら食べていた。

現在フッドがいるのはこの寮舎の二階だった。

彼女はこのところずっと出撃が続いていたため、お疲れモードだという話をベルファストは以前から耳にしている。だからしばらくここで休憩《きゅうけい》をとるように命じられているのだろう。

フッドは申し訳なさそうに片目を瞑《つむ》りながら、ベルファストに向かって両手を合わせる。

「いつもであれば委託未経験の子たちを教育するのは私の責務なのですが、どうしてもまだここにいなくてはならないそうなので」

「ですが、私には誰かを教えるなどといった経験は――」

その瞬間、抗議しかけたベルファストの口を小気味《こきみ》の良い玉突き音が遮《さえぎ》った。

音の正体はビリヤードであった。カコーンという抜けのいい音のほうに振り返ると、別陣営に属する軽巡洋艦《けいじゅんようかん》の女の子たちが、台を囲みながらきゃっきゃと楽しそうに三人でエイトボールに興じている。

「メイド隊の方々に、お仕事を教えるのと同じですよ」

玉突きの音に気を取られていると、フッドは紅茶の入ったカップを手にしながらそう告げる。

「ベルファストさんだからこそ、お任せしたいのです。日ごろからお茶会でも顔を合わせていますし、あなたがどのような方なのかはよく存じております」

そして紅茶をゆっくりと口にしてから、彼女はそっと静かにカップをテーブルに置いた。

フッドの顔を見ながら、ベルファストは悩んでいた。

軍事委託にはこれまでにも何度か赴《おもむ》いたことがあった。小型輸送艦の護衛《ごえい》や資材開発にも携《たずさ》わり、最近では上級戦術課程と呼ばれるものにも参加した。

黙々と委託の仕事をこなすことには慣れている。

でも、それと人に仕事を教えるのはまったく別の話であった。

「真面目《まじめ》すぎるのも考えものですね」

フッドはそんなベルファストの心を見透かしたように笑った。

「でしたらあなたの講習の順番を最後にするように、私が取り計らっておきましょう。明日は他にも三名の方が講師をなさるそうです。どの方も一度は講師を経験済みの方たちなので、まずは彼女たちの講習を見てから、ご自分の思ったままのことを教えればいいのではないかしら?」

いつの間にか既成《きせい》事実のように、講師をすることを決められてしまっている。

その後もあれこれ心の中で断る理由を考えてみた。

しかし口実など何も思い浮かばず、

「あまり自信はありませんが……仕方ありませんね」

結局、ベルファストは渋々《しぶしぶ》フッドの頼みを受け入れることにした。

正直乗り気ではないが、あえて自らを推薦《すいせん》をしてくれた彼女の意思をむげにしたくもない。

「感謝いたしますわ、ベルファストさん」

嬉《うれ》しそうにフッドは微笑んだ。

「今回の生徒たちはなかなかの曲者《くせもの》ぞろいだと聞いていますが、気を強く持っていただければ大丈夫だと思います。あなたにロイヤルネイビーの栄光があらんことを」

立ち上がって深々とお辞儀《じぎ》をする彼女に、ベルファストもゆっくりと頭を下げる。

曲者ぞろいという言葉に引っかかりはしたが、その時は特に何も思わずその場を離れていった。

「――わぁ。なにこれ？」

ちょうど一階に下りようと手すりに手をかけたその時、一人の少女がとてとて歩きながら、衝立《ついたて》に囲まれた妙な空間に入っていくところを目撃した。

後ろ姿を見てＧ級駆逐艦《くちくかん》のグローウォームだと気づくと、ベルファストは何気なく彼女が入っていった衝立を見つめた。

そこには『脱出機構付ＧＴ改二《かいに》』という文字が書かれている。

「名前だけでは、よくわからない家具ですね」

この寮舎では時々このような変わった家具が配置されているという話であった。

なんの家具なのか気になったが、そろそろメイドの仕事に戻らなければならないと思ってそのまま階段を下りていった。

後ろ髪を引かれる思いで外に出ると、すぐに明日の仕事の下準備をするべくベルファストは母港の中を早足で歩いていく。

明日のメイド長代理は、姉のエディンバラに頼むつもりであった。だが万が一ということもあるので、あらかじめ仕事のメモも事前に残しておかなければいけない。

明日のことで頭がいっぱいになりながら、丘を登ってロイヤルの寮へと戻ろうとしたその時、

「うにゃあああああああああああっ!!」

突然グローウォームの絶叫が空から聞こえて、ベルファストはびっくりしながら振り返った。

見ると、先ほどまでいた寮舎の真上にロケットのようなものが勢いよく打ち上がっている。

「……な、なんですか。あれは」

さすがのベルファストも、想像を絶する光景に絶句してしまった。

その場で立ち止まったまま打ち上がったロケットを呆然《ぼうぜん》と見つめていると、

「た、高いよぉ！　怖いよぉ!!　た、助けて……うにゃあああああっ!!」

落下するグローウォームの背中からぱっとパラシュートが開いたのが見えた。

「なるほど、脱出とはそういう――」

ベルファストはようやく先ほどの衝立の正体がなんであるのかを悟った。

うかつに触らなくて正解だったと思いながら、再び進行方向に向き直りロイヤル寮へ戻っていった。

＊＊＊

翌朝。

ベルファストは朝食の支度《したく》を終えると、すぐにエディンバラに残りの仕事のメモを渡してロイヤル寮を出て行った。

丘を下り桟橋《さんばし》の近くまでやってくると、正面には錨《いかり》を模《も》した彫像がある大きな噴水《ふんすい》が見えてくる。

学園の中心部であるこの場所には様々な建物が立ち並んでいた。各施設にはそれぞれ物資や装備資源の調達、燃料の補給といった、出撃する少女たちにとってはなくてはならない必需品ばかりが揃《そろ》えられている。

その他にも少女たちが訓練をすることのできる戦術教室といったものまであり、今日の講習はその建物内にある特別教室の一角で行なわれる予定であった。

噴水を通り過ぎて建物の中に入ろうとしたその時、ベルファストが歩いてきた方向と反対側にある購買部のほうからやってくる赤い髪の女性の姿が見えた。

「あら――ベルファストさん」

その女性は、ユニオンの空母艦《くうぼかん》であるレンジャーであった。ベルファストに気づくと肩に提《さ》げたカバンを持って近くにまでやってくる。

「レンジャーさん、今日はよろしくお願いします」

深々とお辞儀すると、そばに来たレンジャーは手をひらひらと動かして顔を上げるよう促《うなが》した。

「そんな堅苦しい感じじゃなくていいのよ。今日はあなたも講師なんですから」

それからレンジャーは顎《あご》に手を当て、まじまじとメイド服を見つめる。

「にしても本当にメイドをやってるのね。ロイヤルの寮ではメイドさんが給仕《きゅうじ》してるって聞いてはいたけど」

「ユニオンには給仕の方はいらっしゃらないのですか？」

「私たちの食料はすべて配給で港から運ばれてきたものなの。簡単に作れるようなものばかりだから、それぞれ自分たちで勝手に作って食べてるわ。洗濯も各自でやってるし」

「――自主性を重んじてる、と言えば聞こえはいいけどな」

その声はレンジャーの背後から聞こえてきた。

軍服を身にまとった長い銀髪の女性――ヨークタウン級空母艦のエンタープライズは、軍帽のつばに触れながら、二人のもとまでやってくる。

「中には部屋から出てこないでゲームばかりしている引きこもりもいる……誰とまでは言わんが」

「あぁ……私も誰とまでは言いませんけど、あの幽霊さんのことですね」

二人してはぁーと溜息を吐くと、ちょうど噴水のほうから最後の一人が歩いてきた。

「――皆さん揃っておいでなんですね」

「ニーミさん。あなたも講師なんですか？」

鉄血《てっけつ》と呼ばれる陣営に所属するZ23、ニーミという愛称で呼ばれているその少女はベルファストの言葉にぶんぶんと首をふった。

「こ、講師ってほどじゃありませんよ。レンジャー先生のようなことは私にはできませんので」

ニーミは普段と違い眼鏡《めがね》をかけていた。おまけに軍服ではなく白衣と黒のワンピースに身を包んでおり、言葉とは裏腹《うらはら》に見た目は気合い十分といった様子だ。

「ただ……実は私、以前にもここで授業をしたことがあるんですよ。それで今日は、生徒の子たちとも近しい距離で接することのできる者も必要だって言われて」

「なるほどね。いいアイデアだと思うわ」

ニーミの言葉を聞いて、レンジャーは同調するように頷《うなず》いた。

「生徒たちはもう教室にいるらしいから、このまま行くとしよう」

そう言って、エンタープライズはちらとベルファストのほうを見る。

「私とレンジャーはよくこうして委託前の講師をしている。ベルファストは、講師をするのが初めてだと聞いたが？」

「ええ。フッド様が出られないので、今日は代わりに私が講師をさせていただくことに」

「ならば、今日は私たちの講習内容を見ながらコツを摑《つか》むといい」

エンタープライズが校舎に入っていくと、後からレンジャーがぽんとベルファストの肩を叩《たた》いた。

「もしかしたら、今後も呼ばれたりするかもしれないしね。何事も経験よ」

「経験、ですか」

確かに何事も実践《じっせん》してみることは大事だと、ベルファストは二人の後に続いて校舎の中に入りながら思った。

＊＊＊

特別教室の扉を開けると、そこにはすでに四人の生徒たちが席に座っていた。

「一斉《いっせい》に起立！」

エンタープライズがそう声をかけると、全員がたりと席を立ち上がる。

彼女の後に続いて、レンジャー、ベルファスト、ニーミが順番で教室に入っていくと、

「あれ？　ニーミちゃん？」

本日の生徒の一人であるJ級駆逐艦のジャベリンが、驚いた表情でニーミの顔を見つめた。それまで緊張で強張《こわば》っていた表情をみるみる弛緩《しかん》させると、彼女はぱたぱたと嬉しそうに両手を振ってニーミに呼びかける。

「やっぱそうだ！　ニーミちゃーん。こっちこっちー。ジャベリンですよー」

「きょ、今日は一応教壇に立つんだから『ちゃん』じゃなくって『先生』って呼んでください！」

 ニーミは恥《は》ずかしそうに顔を赤らめながら叱《しか》りつけると、二人を見ていたレンジャーはそっと口に人差し指を当てながら言った。

「はいそこまで――ジャベリンちゃん、私語は慎《つつし》んでね」

 そうして教壇のど真ん中に立つと、彼女は講師を代表するように挨拶《あいさつ》を始める。

「ということで、今日あなたたちに座学を行なう講師のレンジャーです。あなたたちは今度行われる軍事委託に参加してもらうことになるんだけど、これまで委託に参加した経験のないメンバーで構成されるということで、今回は私たちが事前に講習をするということになりました」

「う、うちが呼ばれたのは……もしかして日ごろの成績が悪いから……？」

 おずおずと口を開いたのはC級駆逐艦のシグニットであった。

 エンタープライズがゆっくりと首をふる。

「そうじゃない。たとえばいきなり油田開発の現場に向かわせても、経験のない者が的確に動くことはできないだろう。防衛巡回などになれば、突発的な事故や事件の対処が遅れる危険性もある」

「ここで行なう講習とは、要するに経験者としてのアドバイスです。実践的なものでなくても現場で使えそうな知識や技能はできる限り共有する——そういう目的で行われているんですよ」

最後のニーミの言葉を聞いて、生徒ではないベルファストも初めてこの講習の本質を理解した。

——なるほど。ということは、私にも何か教えられそうなことがありそうです。

心構えや取り組み方であれば、それこそメイド隊での指導経験が活《い》きるはず。

これからの講習に対して少しだけ気が楽になったと思ったその時、

「——ふん、なるほどね」

言うや否《いな》や、一人の生徒がバンッと机の上に乗った。

と思うと右手を大きく前に突き出し、やたらと仰々《ぎょうぎょう》しく講師たちを見下ろしながらにやりと不敵な笑みを浮かべる。

「つまりこの講習は、これから崇高《すうこう》なる魂《たましい》が立ち向かうべき一つの目標〈†エリュシオン†〉なのですね！　すべては運命〈†フェイト†〉からの試練〈†オーダー†〉へと私を誘わんために！」

ベルファストは首を傾《かし》げた。

言っている意味がまるでわからない。

それはベルファストだけでなく、その場にいた全員も同じようだった。

皆一様《いちよう》にぽかんとその生徒を見つめたまま固まっている。

「え、えーっと……あなたは確か——」

五秒ほど遅れてから、レンジャーは慌《あわ》てて事前に渡されていたらしき名簿に目を落とす。

「——そ、そうそう！　ヨーク級重巡洋艦《じゅうじゅんようかん》のヨークさん」

「違うわ。ヨーク級『魔導《まどう》』重巡洋艦よ。忘れないで」

きっぱりと否定するヨークに対して、レンジャーは「なんかヤバい空気」を悟ったようだった。

「は、はぁ……それはいいとして、とりあえず机の上から降りてくれるかしら？」

下手《したて》に出てそう言うと、思ったよりもずっと素直にヨークは机から下りた。

発言の内容からてっきり反発するタイプかと思いきや、存外《ぞんがい》良い子のようである。

「なあなあ、座学ってことはどっかでケンカしたりはしないのか？」

最後にそう発言したのは白露《しらつゆ》型四番艦の夕立であった。教室にいるだけでもそわそわと落ち着きがない彼女に向かって、レンジャーは苦笑いを浮かべる。

「ケンカは……ないわね。今日は座ってお勉強するの」

「えぇーなんだそれ！　あんま面白《おもしろ》くないな」

頬《ほお》を膨《ふく》らませている夕立を見て、ベルファストはフッドの言葉を思い出していた。

——今回の生徒たちはなかなかの曲者ぞろいだと聞いていますが、気を強く持っていただければ大丈夫だと思います。

「そういうことでしたか……」

ようやく意味を理解したベルファストは、無事に講師の代わりをこなせるかすでに不安でいっぱいだった。

＊＊＊

生徒たち全員が席に座ってから、いよいよ本格的に講習が始まった。

最初の講師はレンジャーからであった。ベルファストと他の講師二人は揃って教室の一番後ろへと移動していく。

「ではまず最初に私から講習を始めるわ。皆さんよろしくお願いしますね」

丁寧《ていねい》に頭を下げると、生徒たちもぺこりと可愛《かわい》らしく頭を下げる。

席の並びは全員横一列で、廊下に続く扉側から順番にジャベリン、シグニット、ヨーク、夕立が座っていた。

レンジャーはざっと生徒たちの顔を見回してから、

「じゃあ、まずはあなたに尋《たず》ねてみようかな？」

と、教壇側から見て一番左に座っている人物に目を留める。

「あれ？　え？」

席に座っていたのはジャベリンであった。

まさか最初に当てられるとは夢にも思っていなかったらしい。

彼女はぴょこんっと身体を起こして辺《あた》りを見回すと、狼狽《うろた》えながら自らを指さした。

「いきなり私からですか。き、緊張します～」

「ふふ。リラックスしていいのよ」

すーはーすーはーと何度も深呼吸をするジャベリンに、レンジャーはくすりと笑いかける。

「さて。私はこれまでの委託で輸送船の護衛を多くこなしてきました。その中で私がもっとも大切だなって思ったことがあるんだけど、それはなんでしょう？」

「大切だなって……思ったこと……？」

さっそくジャベリンは眉間《みけん》に皺《しわ》を寄せて首を大きく捻《ひね》った。

「ゆっくりでいいから、考えた答えをレンジャー先生に言ってね？」

顎に手を当てながら教卓に肘《ひじ》をつくと、レンジャーはにっこり笑ってジャベリンの回答を待つ。

「えーっとですね……うーんとですね……」

ジャベリンは一休さんのように左右のこめかみに両手の人差し指を当てながら、うんうん唸《うな》って考え始める。

目をぎゅーっと強く瞑る。

それでも足りないのか、今度はぐりぐりこめかみを押し始める。

あれこれと悩み続けた、その数分後。

「わかりました！」

ジャベリンは嬉しそうにぱっと顔を上げた。

「これしかないです！　自信ありますよ！」

立ち上がって胸を張ってみせるあたり、よほど自信があるのだろう。

ジャベリンはそのまま深く息を吸い込み、大きく口を開いた。

言い放ったその答えは——

「お弁当を忘れないことですね！」

見当違いも甚《はなは》だしかった。

思わずレンジャーも額に当てていた手をずるりと滑らせてしまう。

「当たってましたか？」

目をキラキラさせるジャベリンに、レンジャーは苦笑いをしながら告げる。

「残念ながら、だいぶ違うわねー……むしろ想像の遙《はる》か斜《なな》めを行って驚いているところよ」

レンジャーは気を取り直すように、こほんと咳《せき》をしてみせる。

「私がこの委託で大事だって思ったことは、どんな局面になっても即座に、適切な判断が下せる能力だってことよ。そのためには周囲の状況を常《つね》に広く見て、有事の際には冷静に対処するこの力が備わっていれば最悪の危機は免《まぬが》れるはずよ」

「具体的にどうすればそれが鍛《きた》えられるんだ？」

夕立の質問を聞いて、レンジャーは待ってましたとばかりにカバンを取り出した。

中から一枚のフリップを取り出すと、そこには細い道を通る一台の青い車と手前の脇道《わきみち》を走る自転車が描かれている。

イラストをよく見ると、車も自転車も乗っているのは黄色の小鳥であった。

これは普段母港内の雑用などをしている『饅頭《まんじゆう》』と呼ばれる生き物で、自転車に乗っているほうは出前のそば屋を演じているのか、高く積み上げられた器《うつわ》を片手に持ちながら危なっかしそうに運転していた。

「これは車の免許試験でも扱われている、危険予測と呼ばれる授業よ」

レンジャーはそう言って、フリップに描かれた青い車を指しながら四人に尋ねる。

「現在、この青い車の速度は時速四十キロ。標識にはこの道が五十キロ制限の道だと記されています。さてこの絵を見るだけでも色々な危険予測ができると思うんだけど、あなたたちにはどんな危険が想像できるかしら？」

　するとなぜかヨークが可笑《おか》しさをこらえきれない様子で、くっくと肩を揺らし始めた。

「――あまりに愚問《ぐもん》ね。力〈†フォース†〉の波動を感じていればこんなもの……」

「あら頼もしいわね、じゃあヨークはこの絵を見てどんな危険が想像できるかしら？」

　すっと席を立ち上がると、ヨークはフリップに向かって真《ま》っ直《す》ぐに人差し指を突きつけた。

「車の色はやはり漆黒《しっこく》でなければばってことよ！」

「違います」

　レンジャーの言葉に、ヨークは不服そうな顔をしながら席に座った。

「あ、わかったぞ！」

　今度は夕立が威勢《いせい》よく手を挙げる。

「お。じゃあ夕立ちゃんの答えを聞いてみようかしら？」

「そばの量が少ない！」

「……危険を予測してちょうだいね？」

　極《きわ》めて穏便《おんびん》な様子で告げるレンジャーであったが、こめかみを押さえているあたり大分無理をしているように思える。

「シグニットちゃんはどうかしら？」

　急に名指しで呼ばれて、シグニットはおずおずと口を開く。

「え？　えーっと……速度が問題なのかな？　でも五十キロ制限だから問題はないと思うし……」

「うんうん。なかなかいい線よ。その調子」

レンジャーに褒《ほ》められると、シグニットはさらにフリップを注視するべく目を細めてじっくりと考えだす。

そのまま長い沈黙の時間が過ぎていった。

「あの、もう少し近づいて見ても……？」

「えっと、それはかまわないけど」

シグニットは席を立ってフリップに近づくと、瞬《まばた》きもせずにじっくりと目を凝《こ》らす。

そばの器を抱えながら走る『饅頭』の場所には歩道がない。車の先には信号も横断歩道もなく見通しの悪い交差点があり、さらにその先には停車しているトラックがあった。

再び長い沈黙の時間がやってきてしまった。

「……えーっと、シグニットちゃん？」

さすがに痺《しび》れを切らしたレンジャーが声をあげると、シグニットはフリップから目をそらさないで唸り声を漏らす。

「うー……もう少しでうちにも何かが見えそうなんだけど」

「何を見ようとしてるのかしらね……」

渋々諦《あきら》めたように彼女は席に戻っていく。

レンジャーは重苦しく溜息を吐きながら、四人に向かって正解を答えた。

「……この場合は『自転車がふらついて道の中央に寄ってくるかもしれない』という危険を予測するのよ。道の先には見通しの悪い交差点やトラックもあるからね。だから青い車は時速四十キロで走るのではなく、徐行運転が正しい運転なの」

その様子を見ながら、教室の後ろで立っていたベルファストは隣にいるエンタープライズに尋ねた。

「あの、もしかしてとは思いますが……レンジャーさんはいつもこのような感じで講習を？」

「そうだな」

エンタープライズはぐっと帽子を目深《まぶか》に被《かぶ》り直す。

「だが、今回の生徒たちはあまりに発想が独創的に過ぎる」

「……確かに」

傍《はた》から見ていたベルファストも、既《すで》にその奇妙な空気は十分に感じ取っていた。

「おそらくこのままでは、相手のペースに呑《の》まれるぞ」

「そこまでですか……」

真剣な目つきの彼女から目をそらして、再びベルファストはレンジャーの講習を聞き始める。

　レンジャーは諦めたように手持ちのカバンの中から、別のフリップを取り出そうとする。

「……一応さっきの危険予測はね、常に周囲の状況を正しく判断するためのものだから、ちゃんと各自で意識しておいてね。じゃあ、二問目の危険予測はっと――」

　言いながら彼女はカバンを漁《あさ》るが、目的のフリップが中で引っかかってしまったようでなかなか出てこない。

「おかしいわね、入れた時はもっと楽だったのに」

　少し力を入れて引っ張ろうとする。

「大丈夫？　レンジャー先生」

　ジャベリンが立ち上がって手を貸そうとしたその時、勢いよくカバンからフリップとともに同じ大きさの何かが滑り落ちた。

「ん？　なんですかこれ？」

　ジャベリンが拾い上げると、隣の席にいたシグニットもつられるように横から覗《のぞ》きこむ。

「え――あぁっ!!　そ、それはダメ!!」

　慌ててレンジャーが手を伸ばそうとするも、すでにジャベリンはカバンから落ちたものをしっかりと両手で握りしめていた。

「これも危険予測なんですか？」

　くるりと皆に見せるようにひっくり返してみせる。

先ほどの危険予測のフリップと似たようなイラストが描かれているが、一枚絵ではなくコマ割りがなされている。一コマ目に描かれているのはキラキラと大きな瞳《ひとみ》をした少女が慌てて廊下を走っているというシーン。二コマ目には、廊下の曲がり角のところでイケメンが歩いているシーン。

「漫画の原稿みたいですね」

「というよりも……原稿そのものかな」

横から覗きこんでいたシグニットが確信を持ってそう答える。

きちんとコマ割りされたそのフリップには、何も書かれていない吹き出しが至《いた》るところにあって、その箇所を見ながらシグニットはさらに強く頷いた。

「やっぱこれ……漫画だよ」

彼女の言う通り、それは漫画であった。

実はこの漫画、先ほどレンジャーが購買部の前を通り過ぎる時に明石《あかし》からこっそりと受け取っていたものであった。以前から少女漫画の原稿を一目見てみたくてずっと前から頼んでいた、彼女が一番好きな漫画の複製原稿。

それをレンジャーはひったくるようにして、素早くジャベリンの手から奪い返した。

「ひっ！」

鬼気《きき》迫る表情を見て、ジャベリンは思わずすくみ上がった。

レンジャーは、震える手でその原稿を持ちながら教壇へと戻っていく。

「こ、これはね……その、違うの……これは、これはね——」

ぶつぶつと何か必死に呟きながら、やがて彼女はくるりと生徒たちのほうに振り返った。

「これは——これも危険予測のフリップです!!」

真っ赤な顔をしながら、原稿を高々と持ち上げてレンジャーはそう宣言した。

「これはし、新学期の朝に寝坊した女の子なのね！　廊下の先にいるのはいけ好かない感じのイケメンで彼と廊下でぶつかりそうになってるわ。『その時、あなたはどうするのか？』っていう——」

余計なツッコミを入れさせまいとまくし立てるように早口で説明を始めると、彼女はそのまま思いっ切り教卓を両手でぶっ叩いた。

「これは、そういう問・題ですっ！　いいですかっ？」

生徒たちの誰も、反論の言葉を口にしなかった。

むしろ、できるわけがない。

あまりの動揺っぷりと勢いに、完全に呑みこまれて口がきけなくなっていた。

当然、講師陣であるベルファストたちもそれがフリップでないことは気がついている。彼女が見せているのはどう見たって漫画の原稿で、今さら『危険予測のフリップ』だと言い切ってしまうにはあまりにも苦しすぎる。

でも誰もレンジャーに対して、それを口にすることはしなかった。

いつしか教室内は、そんな優しい空気で満たされていた。

「……だ、誰も答えられないのかしら？」

なのにレンジャーは茹《ゆ》でだこのように耳まで真っ赤になりながら、なぜか口元に笑みを浮かべて挑発《ちょうはつ》めいた言葉まで口にする。

優しい空気を、他でもない本人が追い払おうとしていた。

余裕がないのが丸わかりなのにあえて自虐《じぎゃく》的な態度に出ることで、逆に自我を保とうとしているのかもしれない。

ベルファストは、ついそんな要《い》らぬ分析をしてしまう。

「ゆ、夕立ちゃんはどうかしら？」

レンジャーが名指しで呼びかけると、夕立は虚《きょ》をつかれたように顔を上げた。

「え。えーっと……難しいな。何が危険かまったくわかんないぞ？」

夕立はぽりぽりと頬をかくと、まともにレンジャーの顔を見れないまま答えた。

「と、とりあえず遅刻しちゃうから邪魔なイケメンを突き飛ばす――」

「それじゃロマンスが生まれないじゃないっ!!」

血相《けっそう》を変えながらレンジャーは、またしても勢いよく机を叩いて叫んだ。

「うわわっ!!」

急に大きな声を出されて驚いた夕立は、そのまま後ろにのけ反って椅子《いす》から転げ落ちてしまう。


「き、危険予測の話じゃなかったのか⁉」

「ええそうよ。これは恋の危険予測。いつだって女の子は男の子の何気ない仕草《しぐさ》や態度で、恋に落ちてしまうという危険をはらんでいるものなのよ！」

「先生が何の話をしてるのか、夕立には全然わかんないぞ⁉」

目を白黒させる夕立を諦め、レンジャーはヨークをきっと睨《にら》みつけるように見た。

「ヨークちゃん！　あなたはどうなの⁉」

「わ、私の持つ〈†フォース†〉で……イケメンをかわす――」

「だから、それじゃロマンスが生まれないでしょ‼」

レンジャーはもどかしそうに身をよじらせると、さらにその隣のシグニットを指さした。

「シグニットちゃん！　あなたはどう？」

「え、ええ……？」

もはや何の講習かわからない状況の中、シグニットは思わず涙を浮かべてしまう。

「せ、先生怖いよぉ……こんなのうちだったら、ぶつかる以外にない……」

思うままに口にしたシグニットの言葉に、ぴくりとレンジャーの耳が動いた。

「シグニットちゃん、それでぶつかった後は？」

「ぶつかった後……？」

急に優しい声になったレンジャーに、きょとんとしながらシグニットは答える。

「き、きっとぶつかった後、うちはイケメンの人にすごく謝って……逃げちゃうかも」

「……惜《お》しいわ。奥手過ぎるのも考えものね」

はぁーっと重苦しく溜息を吐くレンジャー。

どうやら今のシグニットの言葉は、彼女の琴線《きんせん》にほんのわずかながら触れたらしい。

「レンジャー先生」

その時、ジャベリンが真っ直ぐに手を挙げた。

その瞳は最初の質問の時のように自信に満ち溢《あふ》れている。

「ジャベリンわかっちゃいました。私ならぶつかった時、そのイケメンの顔をぽーっと見つめちゃいます！　まるで運命の出会いのように！」

ジャベリンはそう話しながら、どこかうっとりとした表情で天井を見つめる。

本当にこれで正解なのかとベルファストが思っていると、

「……その言葉が聞きたかったわ」

まるで顔に傷のあるどこぞの開業医のような口ぶりで、レンジャーはふっと笑みを浮かべた。

「でもね。このイケメンとははじめのうちは全然仲良くなれなくて、互いに素直になれないままケンカばかりなのよ。いつだって会った時には憎《にく》まれ口ばかり。本当にいけ好かないイケメンなの」

そしてなぜか遠い目をすると、彼女は先ほどまでフリップだと豪語していたはずのその複製原稿の場面から先のストーリーまでをも口にし始めた。

対するジャベリンも、まるでその続きを知っているかのように話し出す。

「いつだって、恋には『冷める』という危険が待っていますもんね……。実際イケメンはこの後で登場するお嬢様の女の子に少し心を奪われそうになりますし、主人公は主人公で別の優しい男と知り合っちゃいますし」

「ジャベリンちゃん」

ふっと真面目な顔つきになったレンジャーが、ジャベリンを見つめる。

「最後の危険予測の問題よ。ある休日、主人公は優しい男とデートをしているところを、いけ好かないイケメンに見られてしまうわ」

もはや危険予測の範疇《はんちゅう》を越えているにもかかわらず、誰もそれを口にはしない。

「このままでは二人の運命的な出会いは、何もない白紙の状態へと変わってしまう危険があるの。その場から離れていくいけ好かないイケメンを見て、主人公はどんな行動をとればいいかしら？」

ジャベリンは、迷うことなく真っ直ぐな瞳でレンジャーを見つめる。

「迷うことなく——追いかければいいと思います」

「……正解よ」

　ふっと笑みをこぼすレンジャー。

「いけ好かないイケメンを追いかけて主人公はこう言うわ。『どうしてあたしを見て逃げたりするの？』って」

「ですです。気がつけば彼を追った先は人気《ひとけ》のない場所で、彼は無理矢理主人公を壁際に追い込むと――」

　そこで、互いの視線がぶつかり合った。

「壁ドンするのよ！」

「そしてそこからの顎クイです！」

　キャーキャーと頬に手を当ててレンジャーとジャベリンが大いに盛り上がる。

「その後で言う『お前は俺だけ見てればいーんだって』って彼の台詞《せりふ》、最高だわ！」

「一度でいいから、そんなことジャベリンもされてみたいですーっ」

　他の生徒三人はただただ首を傾げるだけ。

　教室の後ろで立っていたベルファストは、横にいるエンタープライズにぼそりと言った。

「これで……本当に判断力が養われるのでしょうか？」

　その後も次々と繰り出される少女漫画クイズ。

　結局、ずっと正解率の高かったジャベリンだけが楽しそうにしながら、レンジャーの講習は終了したのだった。

＊＊＊

続いての講習は、Z23ことニーミ先生が行なうことになった。

「私の講習はこれです」

それぞれの机に教科書と参考書を山のように積んでいくと、ニーミは右手に持った指示棒でぺしんと左手を打ってみせる。

「やはりどんなことでも教養は必須《ひっす》です。たかが委託、されど委託。学問で得た知識はいずれどこかで必ずあなた方の助けとなるのですから」

「わかりやすいほどに、お堅い授業だね……」

ジャベリンの口から、そんな感想がぽろりとこぼれ出た。

「そうは言いますが学問は大事ですよ。現に私が委託に出されたのは資材開発の現場だったのですが、現場を目にしながらふと口にした提案がそのまま効率化の助力となって、開発ペースが飛躍《ひやく》的に上昇しました。これこそ知識がなければできないことですね」

「少し自慢ぽく言ってないか……？」

夕立がむぅっと頬を膨らませたが、構わずニーミは教壇にさっさと戻ってしまう。

そして眼鏡をくいっと押し上げると、四人に向かって張り切った口調で告げた。

「ではまず数学からいきましょうか。まずは教科書の三十七ページを開いてください」

そんなお堅い感じで始まったニーミの講習だが、これが思っていたよりもずっと聞きやすかった。

おそらく委託を経験した際に自分が必要だと感じた知識を厳選して教えているのだろう、予備校の教師のように体系的に知識を取り込めるような配慮までなされている。

生徒たちの様子はどうあれ、少なくともベルファストはその講習をとても楽しく聞いていた。

「聞いていて非常にわかりやすい講習です。本人もすごく楽しんで教えているようですし」

ニーミの話しぶりはとても活き活きとしていた。覚えた知識を伝えるのが楽しくて仕方ないという気持ちが、聞いている側にまではっきりと伝わってくる。

レンジャーも両腕を組みながらうんうんと頷いてみせた。

「元々勉強が大好きな子なのね。好きなことを教えるのって楽しいもの」

「そういうレンジャー先生も、ずいぶん楽しそうだったものな」

エンタープライズがぼそりと皮肉を漏らした。

またしてもレンジャーは顔を赤くさせて、ぐっと喉《のど》を鳴らしながら彼女を睨みつけた。

「だ……だって仕方ないじゃないの！　あれは――」

彼女の言い訳を途中で遮《さえぎ》りながら、突然エンタープライズはくいっと顎で何かを示してみせる。

顎を向けた先では、シグニットが大きな欠伸《あくび》を漏らしているのが見えた。

「たとえ私たちがこの講習を興味深く聞いていたとしても、生徒たちはどうだろうな」

当然ニーミ先生もその欠伸を見逃しているはずがなかった。

「ダメですよシグニットさん。授業はちゃんと集中しないと」

眼鏡の奥からじろりと睨みつけると、シグニットはびくっと肩を震わせながら背筋《せすじ》を伸ばした。

「は、はい！　ごめんなさ――」

しかし今度はぐぅーっとお腹が鳴ってしまう。

「わっ。す、すみません……」

椅子に座りながら小さく縮《ちぢ》こまる彼女を見て、ニーミは呆《あき》れたように肩を落とした。

「朝食は摂《と》ってきたのですか？」

「急いで出てきたから、朝ごはんはちょっとしか……」

「それはダメです。しっかり食べることで脳の働きは活性化されていきます。特に目覚めた直後は血糖値も低いため、内臓や神経の機能も低下しています」

「ご、ごめんなさい……」

「いえいえ。いい機会なので少しその話に触れてみようかと。そもそも食事で摂られる糖質というものはグリコーゲンとして——」

そこで先ほどまで講習をしていたはずの科学の話をよそに、栄養学の話が始まった。

真面目にノートを取っていたはずのジャベリンも思わずペンを置いて、ニーミの話が大きく脱線してしまったことに戸惑いの表情を浮かべている。

長々と説明される栄養学の講習は、それから二十分以上も続いた。

「——ということなのです。何事も食事が肝心《かんじん》。これを忘れないように」

そこでようやくニーミも時計を見た。

「いけない。話が逸《そ》れてしまいましたね。まだ教えようとしていた内容の三割も伝えていません」

「まだ三割なの⁉」

ジャベリンが悲鳴をあげる。

レンジャーの講習が終わったのが午前九時半ごろで、現在はもう十一時になろうとしている。

先ほどの栄養学の時間を抜かしても、すでにニーミの講習は一時間以上経過していた。

「はぁ……なんだか聞いてても難しいことばかりだし。ねぇニーミちゃん、少し休憩しようよ？」

「休憩してたらさらに講習の時間が伸びてしまいます」

ぴしゃりとニーミは言い切るが、この調子でまともに続けていたら昼休みは当分やってこない。

「なぁ、先にめしの時間にしないかー？」

夕立もそう提案してみたが、ニーミは首をぶんぶん振って教科書をめくっていく。

「ダ、ダメですよ。勉強は集中力が大切なんです、私も少し急ぎますので」

「でもさっき食事が大事だって」

「うっ」

夕立に痛いところをつかれ、ニーミは思わずたじろいでしまった。

「トーシツがどうとかって、夕立も聞いたことあるぞ！　一粒で百メートル走れるんだよな！」

「それはグリコです！　私が言ってたのはグリコーゲン！　……とにかく。先に進みますよ。早く講習の続きを待ち望んでいる方もいますので」

夕立はきょとんとしながらニーミを見つめる。

「誰のことだ？」

「ヨークさんですよ、ほら見てください！」

ニーミは、彼女の隣の席に座っているヨークを指さした。

「先ほどからずっと同じ姿勢で話を聞いてくれています！　今だって私の授業をずっと真面目

に聞いてくれているんですよ！」

彼女の言う通り、ヨークはじっと席に座っていた。先ほど中二病っぽい発言を繰り返していた様子からは想像ができないほどに大人しく、教科書を開いたまま微動だにしない。

そしてなぜか、不自然なくらいに両目をぱっちりと見開いていた。

「さすがに目を開けすぎじゃないか？」

夕立は席を立ってヨークの前に移動すると、屈《かが》んでその顔をまじまじと見つめた。

「瞬きもしてないぞ？」

ぷらぷらと顔の前で手を振ってみても、ヨークは一切の反応を示さない。

気になったジャベリンも席を立ってやってくると、

「あ。もしかしてこれ――」

手を伸ばして彼女の瞼《まぶた》に触れると、突然ぱっちりとした両目がぺりっと剝《は》がれてしまった。

びっくりしてジャベリンがさっと手を引っ込めると、剝がれた目がひらひらと床に落ちていく。

よく見てみるとそれはぱっちりとした目が描かれている、ただのシールであった。

「……寝てますね」

シールの剝がれたヨークの瞼は両目とも、ぴったりと閉じていた。

じっと耳を澄《す》ませば、すやすやと寝息まで立てているのがわかる。

「そ、そんな……」

ショックを受けたニーミの身体が、教壇の上でぐらりと揺れる。

「まさか……まさか私の講習は面白くないのでしょうか……」

「い、いやいや！　うちは面白く聞いていたよっ！」

すかさずシグニットが席を立ち上がった。

「でもシグニットさんも……欠伸してましたよね？」

見るからに落ち込んだ表情でニーミが言うと、シグニットはドキッとしながらその場に固まった。

「欠伸とは、深く息を吸うことで脳の働きが活発化され、覚醒《かくせい》を促そうとする行為。覚醒を促そうとする原因は様々ですが、おもに疲労や眠気にストレス……そして退屈という──」

「ま、待って待って待って！」

シグニットの言葉も聞かずに、ニーミはきっと睨みつけるようにして四人を見た。

「やっぱりもう一度はじめから丁寧に教えます！　今度こそもっとわかりやすく説明するので！」

「え、ええ!!　さ、さすがにそれはないよニーミちゃん！」

ジャベリンが慌てて立ちながら手をぶんぶんと振り回しても、ニーミは一向に聞き入れようとしない。

「いいえ！　ちゃんと誠意を持って講習をすればわかっていただけるはずです。もう一度教科書のページを最初から――」

「――待ってください」

見かねたベルファストが教室の後ろからやってくると、ジャベリンの席に置いてあった参考書を手に取ってぱらぱらとめくってみた。

「先ほどから聞いていて思ってはいたのですが、少し講習のレベルが高すぎるように感じます」

数学はベクトルや複素数といった内容のもので、表紙に目を留めるとそこにはしっかり『大学受験』と書かれている。

講師陣からすれば、ニーミの講習は非常にわかりやすくてためになるものだと感じられる。

しかし先ほどから四人を見ている限りだと、このレベルの講義内容ではおそらく理解すらも及んでいないはずだ。

「もう少し教える内容のレベルを落とさなくては、おそらくどれだけ頑張って説明してもついていけないと思うのです」

ベルファストはニーミにそんな提案をしてみせる。

「と言われても、参考書はこれくらいしか持ってきてません……」

きっぱりとニーミは答えると、さらに食い下がるようにして言った。

「でも……それでも私ならきっと、皆さんに丁寧に教えられるはずです！」

参考書を静かに元に戻しながら、ベルファストは首をふる。

「お気持ちはすごくわかりますが物には順序があると申し上げているのです。もしこのまま皆が眠らないでちゃんと耳を傾けてくださっても、理解度という面ではやはり——」

そこまで口にしながら、ニーミのほうを見てぎょっとした。

ニーミは、目元を赤く滲《にじ》ませながらぷるぷると身体を震わせている。

「昨日の夜から……ひっく。ずっと一生懸命に……講習の練習もしたんです……えぐっ……」

「お、落ちついてください」

慌てて教室の後ろを振り返るが、エンタープライズもレンジャーもお手上げ状態のポーズを取ってみせるだけ。頼りにならないと察したベルファストは、再びニーミの顔を見て口を開いた。

「そ、それはわかっているんです。講習の内容は、まるでプロの予備校教師のようでしたし」

なにせあれだけ熱心に講習をしていたのだから、前々から準備をしていたのだろうということは理解している。それはおそらくこの場にいる全員がそうだろう。しかし問題はそこではないのだ。

「な、泣かないで」

上唇《くちびる》を噛《か》みながら、ニーミは今にも零《こぼ》れ落ちそうな涙を必死にこらえている。

ベルファストはいつになくおろおろとしながらなんて声をかけようか悩んでいると、慌ててジャベリンが二人の間に割って入り口を開いた。

「わ、私はニーミちゃんのお話、すごくためになったなぁーって思うよ！」

その言葉に続けるようにして、夕立も身ぶりを交えながらニーミを慰《なぐさ》めようとする。

「そ、そうだぞ！　夕立の苦手な分野だからよくわかってないけど……でも、いいと思うぞ！」

釣られるようにして、シグニットも立ち上がった。

「う、うちだって欠伸しちゃったけど、そ、それは昨日、夜更《よふ》かしをしたからで！　ニーミちゃんのせいじゃないよ！」

「み、みんな……」

どうにか泣くのをこらえたニーミは目尻《めじり》を押さえながらぱらぱらと教科書をめくる。

「で、でも……でも……気合いを入れ過ぎてしまったことは確かです」

そして、ちらりとベルファストのほうを見て申し訳なさそうな表情をしてみせた。

「ベルファストさんの言う通り、もう少しレベルを落とした講習をするべきでしたけど……どうしても昨日まで練習したことをふいにしたくなかったんです」

「……私こそ、講習中なのに出過ぎた真似《まね》をしてすみません」

謝罪の言葉とともに深々と頭を下げてから、ベルファストはゆっくりと顔を上げる。

どうやら今、ニーミが開いているのは外国語の教科書らしい。

その中にある単語が書かれたページを見せながら彼女は尋ねる。

「鉄血で使われている簡単な言語ならば……それほど難しくないはずですが。……どうでしょう？」

「いいと思います」

ベルファストは頷くと、これ以上講習を邪魔しないために教室の後ろへ戻っていった。

「では単語の読み書きにしましょう。覚えるだけでも色々な場所で使えるはずなので、いくつか覚えていってください。様々な言語を知っているというのも重要なことですから」

教科書に載《の》っている単語をどんどんと黒板に書き連ねていくと、ニーミは指示棒を黒板にコツコツと当てながら振り返った。

「数字で『eins』『zwei』『drei』……アインス、ツヴァイ、ドライと読みます。意味は一、二、三です。ちなみに私の名前の23は『dreiundzwanzig』と書いて『ドライウントツヴァンツィヒ』と読みます」

続けてニーミは別の単語を黒板に書いていく。

「あと、弾は『Kugel《クーゲル》』、燃料は『Otto《オットー》』。徹甲弾《てっこうだん》は『Panzergranate《パンツァーグラナーテ》』で、榴弾《りゅうだん》は『Geschoss《ゲショス》 mit《ミット》 Sprengladung《シュプレングラードゥング》』と読みます。この辺《あた》りは委託などの時にも役に立つ単語のはずで――」

その時、誰かががたりと席を立ち上がった。

いきなりのことに、喋《しゃべ》っている途中だったニーミも口を開きかけたまま何事かと固まってしまう。

「な……なんて強い力〈†フォース†〉を感じる言葉！」

立ち上がったのは、先ほどまでずっと眠りこけていたはずのヨークだった。彼女は黒板に書かれた言葉に目を輝かせると、鼻息を荒くしながらつかつかと教壇の前までやってくる。

「他にはないの⁉　特に『dreiundzwanzig《ドライウントツヴァンツィヒ》』って言葉……かってないほどの波動〈†ヴァイブレーション†〉が伝わるわ！」

「う、ゔぁいぶれーしょん？　それにそれは私の名前ですけど……」

またしてもヘンテコなことを言い始めた彼女を前に、ニーミは戸惑いながらぽかんと口を開けた。

「生命の放つエネルギーよ！　もっと他にもないの？」

「ちょ、顔が近いですよ！」

ニーミは興奮《こうふん》気味に身を乗り出してきたヨークを押し返すように両手を前に出す。

そんな二人の様子を自分の席で呆然と眺《なが》めていたシグニットは、突然はっと何かを思いついたように大きく手を挙げた。

「せ、先生！　うちももっと鉄血の言葉を知りたい！」

「え？　え？」

ヨークの対応に追われていたニーミは、シグニットの言葉を聞いてさらにおろおろとし始める。

「たくさんの単語をもっともっと教えてほしいなって！　いっぱい知ってて羨《うらや》ましい！」

そこでジャベリンもシグニットの意図を察したようで、ぱぁっと笑顔を見せながら同じように真っ直ぐ手を挙げて言った。

「ジャベリンもです！　私は『駆逐艦』って言葉を知りたいなって！　自分のことでもあるし！」

「ジャ、ジャベリンまで……」

動揺を隠し切れないニーミであったが、ようやく生徒たちが講習に対して熱心に耳を傾けていることを実感して照《て》れくさそうに頬をかいた。

それからわざとらしく咳をしてみせると、意欲的な生徒たちを前に先ほどのように再び講師っぽい口調で振る舞い始めた。

「ご、ごほん！　仕方ないですね……では、たくさん書いていきますのでちゃんとノートにとっておいてくださいね」

くるりと黒板に顔を向けると、単語を端から端までびっしりとチョークで書いていく。

表情を見なくとも、ニーミが嬉しがっていることは明らかだった。

教室の後ろで、ほっとしながらベルファストは笑みを浮かべる。

それから約三十分ほど、ニーミ先生の楽しい外国語の授業は続いたのだった。

＊＊＊

「――次は私だな」

いよいよエンタープライズの講習の時間となった。

颯爽《さっそう》とした足取りで外套《がいとう》を翻《ひるがえ》しながらやってくると、教壇の上で生徒たちを眺めまわしながら澱《よど》みのない口調で告げる。

「今からお前たちには外に出てもらう」

生徒だけでなく、その発言には講師陣たちも皆、ぽかんとしてしまった。

「あの……座学だったのでは？」

邪魔をしてはいけないと思いつつも、ベルファストは口を挟《はさ》んでしまった。

「必ずしもここで座学をしろというルールはない」

何を今さらといった口ぶりでエンタープライズは堂々と言ってのける。

「そもそも私たちが日々直面している戦場という場所は、全《すべ》て口頭で説明できるような生易《なまやさ》しいものではないはずだ！」

ならば今までの座学はなんだったのか。

真っ先にそう思ったベルファストであったが、ここでいちいち口論をしては生徒たちの時間をさらに拘束《こうそく》してしまうことになる。

「では外に向かうぞ。私についてくるように」

エンタープライズの言葉に従って、ぞろぞろと教室を出て行く生徒たち。

その後からベルファストたちも廊下を出て、一緒についていった。


着いた場所は桟橋近くにある砂浜であった。

「な。なんですか、これ……」

驚いてジャベリンが声をあげる。

砂浜に直径十メートルはあろうという泥の池があった。見ただけではどのくらいの深さがあるものかわからず、このような場所で一体何をするつもりなのかとその場の誰しもが思っていると、

「今からお前たちにはこの泥の池を飛び越えてもらう。もちろん落ちれば身体は泥まみれだ」

エンタープライズは強い口調でそう説明する。

言い方があまりにも真面目なせいで、ベルファストも一瞬だけ本当に実在する軍事演習の一つなのかと錯覚《さっかく》してしまったがそんなわけがない。

「ホントにこれが委託の役に立つのか？」

誰もが当たり前のように浮かぶその疑問を、夕立が口にする。

「やればわかる」

あまりに意図がわからないのでやる前に尋ねた——という含みまでは伝わらなかったらしい。

エンタープライズは自信満々の表情で、池を飛び越えた先となる場所まで歩いていく。

「誰からでも構わないぞ！　勇気あるものから、思い切って飛び込んでこい！　うまく渡れた者から順番に昼食に向かってよし！」

その場に残された生徒四人はそれぞれ顔を見合わせる。

「ということらしいですけど――」

そう口を開くジャベリンは始める前からすでに及び腰だった。

一体誰が最初にやるのかと、皆の様子をちらちらうかがっている。

「ふふ。どの子も皆、臆病《おくびょう》ね」

すると、なぜか自信たっぷりのヨークが一歩前に踏み出した。

「いやいや。どうやったって十メートル以上はあるぞ？」

否定した夕立の言葉通り、世界記録の選手ですらジャンプで飛び越えるのは不可能な距離である。

「かなり助走をつけたって、さすがになぁ～」

「誰が、走り幅跳び〈†ランニング・ロング・ジャンプ†〉をすると言ったかしら？」

ヨークはすっと泥の池を指さした。

皆が目を凝らして、あっと声をあげる。よく見れば池にはポールが一本突き刺さっていた。

「あ。なるほど！　うち、わかったかもしれない」

シグニットがポンと手を打つ。

「あの棒を使って池を飛び越えるんじゃないかな？」

「──その通りだ！」

生徒四人の対岸から、エンタープライズが声をあげる。

「フィーエルヤッペンという競技がある。水を張った運河を越えるためにポールを使って水路を越えたのが発祥《はっしょう》とされるスポーツだ。だがこのスポーツ、簡単なように見えて実はかなり奥が深い。ポールを掴み素早くよじ登る技術と、バランスを保ったまま高所から着地する技術がいる。あえて場所を砂浜にしたのはそういうことだ！」

なるほど、と生徒四人は納得をする。

だが、やはりそれでもこのフィーエルヤッペンが委託にどう必要なのかまるで理解できない。

「早く始めないと、昼食の時間が過ぎてしまうぞ！」

エンタープライズの言葉を耳にした瞬間、ヨークは勢いよく地面の砂を蹴飛《けと》ばして泥の池に向かって走って行った。

「先に成し遂《と》げて、お昼の供物〈†オファリング†〉をいただくのはこの私よ！」

彼女の蹴った砂が口に入ってしまった夕立は、ぺっぺっと吐き出しながらこぶしを振り上げる。

「おいヨーク！　まだ順番決まってないだろ！」

大声をあげるも、すでにヨークと泥の池までの距離は五メートルもない。

「早いもの勝ちよ。皆、次に会う時はお腹が膨れた後だから――」

言いながら、ヨークはそのまま勢いに任せて飛び上がり、ポールを摑んだ。

あっという間にポールは、ヨークとともに弧《こ》を描きながら直立する。ヨークは一生懸命ポールにしがみつきながら先のほうまでよじ登ろうとする。だがすでにポールは対岸に向かって倒れている最中で、結局彼女はあまりよじ登ることができぬまま、泥の池に華麗《かれい》なダイブを決めた。

固唾《かたず》を呑んで見守っていた残りの生徒三人が『どぽんっ』とか『たぷんっ』といった粘性《ねんせい》のある液体の中に何かが沈んだ音を耳にする。

特攻というにも地味すぎて、誰も何もヨークにかける言葉が出てこなかった。

『――ヨークは散った』

対岸で立っていたエンタープライズは、いつの間にか手に拡声器を持って皆にそう告げる。

『さぁ、次は誰が立ち向かってくるんだ？』

＊＊＊

生徒たちから少し離れた場所で見ていたベルファストは、そんなエンタープライズの声を聞きながらちらりと時計を見た。

今日の昼食は、学園中央にある海軍食堂で摂る予定だとフッドから聞かされていた。『饅頭』が作った簡単な食事が振る舞われるとのことで、あらかじめ席が予約されているという。

間もなくその予約の時間になろうとしているのに、講義はまだまだ終わりそうになかった。

当然食堂は他の者たちも使用しているので、時間までに間に合わなければその席は誰か別の者が座ることになる。それは生徒たちだけでなく講師であるベルファストたちも例外ではなかった。

「あの、レンジャーさん」

レンジャーはニーミと二人で砂のお城を作っていた。

何事かと顔を上げる彼女に、ベルファストは尋ねる。

「まさかとは思うのですが、エンタープライズさんのこの講義が終わらなければ——」

「もちろん昼食は抜きよ？」

あまりにさらっとした回答であった。

「エンタープライズならやりかねないわね。以前にもこんなことあったもの」

「一体このような講義で何を教えるつもりなのですか」

「うーんそう言われると……。でもいつも同じような感じのことをしてるんだけどね。結局、あの子の教えたいことってたった一つだけなの。あとはそれをどう講習で伝えようかって、それればかりを毎回色々と考えているようだけどね。趣向を凝らしてさ」

どういうことかとベルファストが首を捻っていると、固めた砂をぺたぺた手で押しながらニーミが告げる。

「講習というより、もはやレクリエーションですよね」

確かに、と思わず頷くベルファスト。

ニーミはお城から目を離すと、生徒たちのほうを見ながらふぅと短く息を漏らした。

「試《こころ》みに関してはいいと思います。じっと室内で座っているだけじゃ、やはり退屈ですから。まぁでもだからといって――」

「なんです？」

促すようにベルファストが訊くと、再びお城づくりに没頭しながらニーミは言った。

「私は絶対やりたくないですけど。服が泥まみれになるので」

「同感です」

メイド服を指でつまみながら、ベルファストは大きく頷いた。

「うぅ……負けちゃったよぉ……」

チョキを出したままシグニットが泣き言を漏らす。次に向かう順番を決めようとじゃんけんした結果、彼女はあっさりと一発で負けてしまったのだった。

「が、頑張ってシグニットちゃん！」

そんなジャベリンの声援に続いて、夕立はシグニットに厳《きび》しく告げる。

「わぅ！　ポールを掴むときは勢いをつけなきゃだめだぞ！」

「そんなこと言われても……」

『誰でもいいから早く来い。このままでは日が暮れてしまうぞ』

仕方なくシグニットは砂浜を走り始めた。

だがその足取りはいつもよりもずっと遅い。

緊張して左右同じ側の手足が同時に出てしまっている。

泥の池には絶対に入りたくないという強い思いが、頭の中をひたすらぐるぐると駆けめぐってシグニットを苦しめていた。

緊張が限界に達し、目の前までもぐるぐると回り始める。

「ど、どろんこはやだよぉ～っ！」

とうとう正直な思いを吐露《とろ》してしまったところで、残り二メートル。

「え、ええい！」

シグニットがポールにしがみついた。だがやはり走る勢いが足りなかったのか、ポールは直立するより先に手前へと倒れかかってしまう。

「ふぇぇぇぇっ！」

もはや言葉にならない奇声《きせい》をあげて、彼女はそのままポールから手を離した。

――どぷんっ。

『シグニットもアウトだ』

静かに拡声器で報告を入れるエンタープライズの声を聞いて、夕立は頭を抱えた。

「だから、勢いをつけろって言ったのに……」

「つ、次はジャベリンですぅ！」

じゃんけんで決まった順番に、ジャベリンが戦慄《せんりつ》する。

「こ、怖いぃぃ！」

「だ、大丈夫だぞ！」

夕立が両手で握りこぶしを作って、励《はげ》ましの言葉をかける。

「勢いよく走ってしがみついて、ポールが真上を向く前に素早くよじ登ればいいんだ。後は対岸に向かってポールが倒れていくから、そこらへんはノリでがんばれ」

「夕立ちゃん、最後らへんのアドバイスが少し投げやりになってませんか⁉」

『次の生徒はまだか？』

急《せ》かすようにエンタープライズの声がかかり、仕方なくジャベリンは夕立との会話を打ち切って泥の池を見つめた。

彼女の脳裏《のうり》に、先ほど失敗した二人の姿がぼんやりと浮かんでしまう。

「え、ええええええいぃぃぃぃ！」

邪念《じゃねん》を振り払うように目を瞑りながら、彼女は一目散《いちもくさん》にポールを目指して走って行った。

なかなかに速い助走でポールにしがみつくと、

「んしょ……んしょっ！　えいっ！」

かけ声をあげながら、ジャベリンは直立する前に急いでよじ登っていく。ペースとしてはこれまでの誰よりも順調であった。

「の、登った！」

ポールが直立したその瞬間、ジャベリンは見事てっぺんまで到達していた。

「やった！　やりましたよ指揮官〜っ！」

思わずガッツポーズを取る彼女だったが、問題はここからだった。

ぐらりと対岸方向に倒れていくポール。しがみついている場所は問題ないので、あとはうまく着地できるかどうかであったが、

「ひっ！　ひぃぃぃぃぃっ！」

予想よりも速いスピードで倒れていくポールに対し、ジャベリンはたまらず絶叫してしまう。

それもそのはずで登り切ったポールの端から地面までの距離は、建物の二階から飛び降りるのとほとんど変わりがない。

「こ、こんなの無理です〜っ!!」

さすがに限界を感じたジャベリンは、ポールが対岸に倒れ込んでいる途中でぱっと手を離してしまった。

――だぽんっ。

『ジャベリンも泥まみれだな』

あえなく泥に浸《つ》かってしまったジャベリンの様子を報告するエンタープライズ。

拡声器を通じて聞こえてきたその声を合図に、夕立は勢いよく駆け出していった。

「みんなダメダメだな！　夕立は絶対に一発で決めるぞ！」

今までのどの生徒よりも速く泥の池めがけて、彼女は一直線に突っ走って行く。

直前で強く足元の砂を蹴りつけると、大きくジャンプをしながらポールにがしっとしがみついた。

「めしはいただいたぁ!!」

素早くよじ登ろうとする夕立。

しかしいかんせんあまりにも勢いよくポールに飛びつきすぎたせいで、先ほどジャベリンがしがみついた時よりも倍のスピードで直立状態から対岸へ倒れ込んでいく。

「わわっ！　は、早すぎるぞ！」

――ざぷんっ。

『全員、撃沈』

エンタープライズは抑揚《よくよう》なくそう告げると、泥の池に視線を落とす。

そこには泥だらけになった生徒たちが、あまりにも無残《むざん》な姿のままで朽《く》ち果てている。

「最初にこの講習に対し、何の意味があるかと聞いたな？」

拡声器から口を離したエンタープライズは、泥人形のようになった生徒たちを見つめる。

「私の考える、戦場でもっとも必要なことはずばり『不屈の闘志』だ！　何時《いつ》いかなる時でも決して退《ひ》かない強い心が大切なんだ！」

そして彼女は、頭から突っ込んだまま、犬神《いぬがみ》家の一族のような姿勢の夕立を見た。

「次は、絶対に泥の中に頭を突っ込むなんてことはあってはならない！　ダメージコントロールは海上での戦闘の際にかなり大切だ！　わかったらさっさと身体を起こすんだ！」

「ちょ、ちょっと待ってください！」

泥の池に肩まで浸かっていたジャベリンは、今の発言を聞いて慌てて声をあげる。

「あの、ジャベリンの気のせいだったらいいんですけど……今、エンタープライズ先生は『次は』って言いませんでしたか？」

「もちろん言った。この講義は全員が無事に飛び越えるまで続くが、それがどうかしたのか？」

あっけらかんとした様子でエンタープライズが答えると、その場にいた生徒四人の顔がさぁっと青くなっていった。

＊＊＊

――昨夜から現在に至るまでを振り返りながらベルファストが教壇の前に立っていると、シャワーから戻ってきた生徒たちが教室に入ってきた。

「さっぱりしてきたようですね」

戻って来た生徒四人を見て、ベルファストはにこりと笑った。

先ほどまで泥まみれだった彼女たちからは、ほのかにシャンプーの匂《にお》いが漂っている。

「あ、あの……これ、本当にうちらが着ても良かったのかな？」

シグニットがスカートの端をつまみながら、不安そうな表情で見つめてくる。

「もちろん構いませんよ。メイド服の予備はさまざまなサイズで用意されてますので」

その言葉通り、戻って来た彼女たちは全員メイド服に身を包んでいた。身体についた泥は落とせても汚れてしまった服はどうすることもできなかったので、ベルファストが特別に彼女たちの分の服を用意しておいたのだった。

「皆さん、非常に良く似合っています」

そうして彼女たちのメイド姿を眺めていると、講師の三人も外から戻ってきた。

レンジャーとニーミはエンタープライズの行なった海岸での講習の後片付けを手伝っていて、

その間にベルファストは先に教室に戻って次の講習の準備をするよう指示されていたのだった。

「レンジャーさん」

ベルファストが戻ってきたレンジャーに呼びかける。

「その、もう海軍食堂の予約席のほうは――」

最後まで言い切る前に、レンジャーはふるふると首をふった。

あらかじめ予約をしておいた席は、やはり先ほどのエンタープライズの講義が長引いてしまったせいでなくなってしまったようである。そのことをあらかじめ確認してもらうと同時に、ベルファストはレンジャーに『あること』を頼んでおいたのだった。

「うぉーっ！　もう動けないぞぉ!!」

さすがの夕立も席に座りながらだらしなく身体を机の上に投げ出した。これまでずっと元気そうにしていた彼女も、先ほどの講習の疲れと空腹ですっかりヘトヘトのようだった。

それを合図に、残りの生徒たちからもお腹が一斉に大きく鳴り始める。

――ぐぎゅるるるる。

「あうぅ……お腹が空《す》いたよぉ」

シグニットは恥ずかしそうにお腹を押さえる。

「や、やっぱりもうごはんはないんでしょうか……」

ジャベリンも思わずその場で涙ぐみながら顔を伏せた。

ヨークだけが何も言わずに黙って席に座っている。だが、お腹の音だけはずっとぎゅるぎゅると激しく空腹を主張し続けていた。

「ごはんはありますよ」

ベルファストは教卓に手をつきながら、生徒をぐるりと眺めまわしてそう告げる。

「へ？　で、でもさっきレンジャー先生が首をふってた……」

ジャベリンが不思議そうに首を捻ると、ベルファストは教壇を離れて扉へと向かっていく。

「皆さん。今からある場所に向かいますので、ついてきてください」

ベルファストがさっさと先に廊下に出て行ってしまうと、生徒の四人はぽかんとしたまま互いの顔を見合わせる。

「えと……これから最後の講義なんじゃ？」

シグニットの言葉に対して、レンジャーはぱちりとウインクしながらベルファストの後に続いて扉に手をかける。

「そう。これからベルファスト先生の講義よ。皆も一緒についてきて」

「一体どこに行くんだ？」

再び校舎を出て大きな錨を模した彫像がある噴水の前にやって来た時、目的地を聞き出そうと夕立がベルファストの隣に並んでそう尋ねた。

「海軍食堂です。皆さんと一緒にごはんを食べようかと思いまして」

「ごはん？　でもそう言ったって食堂の席はもう――」

言いかけたところで海軍食堂にたどり着く。

「講師の皆さんはここで待っていてください」

ベルファストは空《あ》いた席を見つけると、そこに講師陣を座らせてから生徒たちに振り返った。

「皆さんはこれから私と一緒に厨房《ちゅうぼう》まで来てください」

言われるがまま、生徒たち四人はベルファストに案内されながらともに厨房へと向かっていく。

厨房の中には誰もいなかった。

ベルファストは冷蔵庫の中を開けると、中からいくつかの食材を取り出して机の上に並べていく。

「ここにある材料なら、カレーが作れそうですね」

「カレー？」

ジャベリンは両手でじゃがいもを摑みながら不思議そうに繰り返した。

「はい、幸いスパイスもすべて揃っていますので。先ほどレンジャーさんに頼んで、ここを貸し切りにしてもらうように手配しました。ここは軍の港らしく、海軍カレーといきましょう」

「カレーかぁ。いいなそれ！」

夕立が耳をぴくぴくさせながら、嬉しそうにその場で飛び跳《は》ねた。

「もうお腹ぺこぺこだ！　さっさと作っちまおう！」

「皆で分担《ぶんたん》しあって、講師の方々にも満足のいくような美味《おい》しいものを作ってくださいね」

「その、わからないのですが――」

にこりと微笑むベルファストに対し、一人だけ浮かない顔をしたヨークが口を開く。

「この講習は、私たちにどのような知識〈†ノーリッジ†〉を与えるのでしょう？」

ヨークの言葉を聞いた他の生徒たちも、一斉にベルファストのほうを見た。

「先ほどのエンタープライズさんの講義は個々にとって、とても大切なことだと思います」

ベルファストは静かに答えながら、食材を見つめる。

「戦場において『不屈の闘志』を持つことは、時に戦局を覆《くつがえ》すほど強い力となります。ですがそれはあくまで一人一人の個としての強さです。やはり組織において、集団として、あなたたちが学ばなければならないことがもう一つあると私は思います」

「んー……。それはつまりなんなんだ？」

夕立の問いに対し、ベルファストは顔を上げた。

「私があなたたちに教えたいこと――それは『協調』です」

ゆっくり皆の顔を順番に見つめながら、ベルファストは力強く言った。

「互いを信頼し、団結して支え合うことが、私は何よりも重要なことだと思いました。あえて出来映《できば》えに関しては評価に含みません。私はここであなたたちを見守りながら調理のアドバイスをしていきますので、どうかこの気持ちだけは必ず忘れないで料理を完成させてください」

「互いを……信頼……」

シグニットの言葉に大きく頷きながら、ベルファストはそっと四人から離れる。

「これは委託だけの話に留まりません。互いに協調しあう気持ちは、これからどのような困難が待ち構えていてもそれを乗り越えるだけの強い絆《きずな》となるはずです」

ベルファストは話しながら、思う。

——私もまさに今、メイド隊の方々を信頼してここにやってきていますしね。

「では、調理を始めてください。小麦粉を使うそうなので厨房内にまき散らさないようにしてくださいね」

＊＊＊

かくして始まった生徒たちのカレー作りは、ある意味でエンタープライズの講習以上に悪戦苦闘であった。

ベルファストが記したレシピを見ながらの調理であるにもかかわらず、数字の苦手な夕立は細かい配分を間違え続け、その間に野菜を切っていたジャベリンとヨークが指を軽く切って大

騒ぎ。

米を研《と》いでいたシグニットはうっかり研ぎ汁《じる》ごとごはんを流しに捨ててしまったりして、通常の調理時間の倍はかかりながら、ようやく完成となった。

ベルファストはあえて味見をしないまま、全員分のカレーをよそって食堂のほうへと運んでいく。

食堂に置かれた長いテーブルに、皆が一列に座ったところでベルファストは告げる。

「では、召し上がりましょう」

その言葉を合図に、生徒の四人は今日一番にデカい声で叫び始めた。

「いただきまーす!!」

それぞれスプーンでカレーを掬《すく》い取って、一斉に口の中へと運んでいく。

「――美味しいっ!!」

最初に口を開いたのはヨークであった。

感動して思わず言葉を漏らしてしまったらしく、はっと口を押さえるとそのまま恥ずかしそうに俯《うつむ》いて、今度は黙々とカレーを食べ始める。

「おかわりだっ!」

あっという間に食べ終わった夕立はすぐさま厨房へと向かっていくと、いつの間にかシグニットも皿をすっからかんにしてそそくさと後をついていく。

「思っていた以上の出来映えだな。すごく美味しい」

思わず味の感想を口にするエンタープライズに、ベルファストは微笑んだ。

「それでどうだったのかしら？　生徒たちは仲良く調理をしてた？」

スプーンを手にレンジャーが尋ねる。

「ええ。その点については、私が教えることは何もありませんでした」

ベルファストは頷きながら生徒たちを眺める。

これまでの講義の間に四人はすっかり仲良くなっていた。四人は互いに見ず知らずの関係ではなかったはずだが、ともに同じ場所で学んでいる間に協調することが身についたのかもしれない。

「ベルファストさんは、今後も講習をしたりしないのですか？」

水を口に含んでから、ニーミはそう切り出した。

「初めてだということでしたが、私よりもずいぶんと生徒たちの心をくみ取った講習をなさるので、その……あ、憧《あこが》れちゃったというか――」

そこまで言ってから、恥ずかしそうにニーミは俯いた。

耳まで真っ赤にしながら、目を合わすこともできない様子でまくし立てる。

「な、何を言ってるんでしょう私は……。えっと、その。い、今のは忘れてください！　なんでもないんです、本当に」

ベルファストはスプーンを置くと、彼女に向き直って言った。

「私の本分は、ロイヤル艦隊のメイド長ですので」

それは、今日ここに来る前からずっと決まっていることだった。自分はやっぱりキッチンで仕事をしているほうが性《しょう》に合っているし、何よりこうしている間も心の中ではずっとロイヤル寮のことばかりが気にかかっていた。

——そういえば、今ごろ陛下《へいか》はどうしていらっしゃるでしょう。

ふとそのことが頭をよぎって、それからベルファストはくすりと笑った。

もし今日この場にエリザベスがいたら、おそらく到底《とうてい》耐えきれるものではないだろうと。

つい、そんなことを本気で考えてしまったのだった。

＊＊＊

その頃、ロイヤル寮では——

「ベルー、ベルー、いないのー？」

エリザベスはウォースパイトとともに廊下を歩き回りながら、ベルファストの姿を捜していた。

「まだ帰ってきていないみたいですね」

「エディから講師をやってるとは聞いたけど、ちょっと遅すぎるわ」

そして腕を組みながら彼女はウォースパイトにくるりと振り返る。

「それで、私にも軍事委託の事前講習をしろっていう話なのね？」

「はい。私とご一緒にというお話です」

「はーあ、どんな風か聞きたかったのに。まぁいいわ。座学は得意だし」

どんな講習が待ち受けているかも知らずに、エリザベスはにんまりと口元に笑みを浮かべた。

第三章

『メイド長のなつやすみ』

キッチンの窓を開くと、二週間ほど降り続いた雨の露《つゆ》がぽたりと窓のへりに垂《た》れてきた。

露はへりの上を緩《ゆる》やかに滑っていくと、他の水滴《すいてき》を巻き込みながら土の地面へと滑り落ちる。

雨は明け方近くまで降り続いていたようで、外の空気はじっとりと肌《はだ》に張りつくような湿気を帯びていた。

開けたばかりの窓から顔を出すと、ベルファストは透き通るような青い空に入道雲がかかっているのを目にした。まるで、季節の移り変わりを如実《にょじつ》に悟ってしまうほどに大きな雲である。

本格的に、夏が始まろうとしているのだ。

「今日は暑くなりそうですね」

小鳥たちにパン屑《くず》を与えてから朝食の準備に取りかかろうと、ぬかるんだ地面を見ながら思ったその時、

「――ベルファスト」

突然名を呼ばれて驚きながら振り返る。

そこにはシェフィールドが立っていた。

いつもと変わらず無表情で立っている彼女の顔を見つめてベルファストは首を傾《かし》げる。本来であれば、まだこの時間に彼女がやってくることはないはずだった。

「どうしたんですか、シェフィ」

見ると彼女の両手には、火かき棒とバケツが握られている。シェフィールドはたった今ベルファストが使おうとしていたその二つの道具を、わざわざ見せつけるようにして持ち上げた。

「どうしたもこうしたもありません。石炭コンロの掃除をやるんです」

バケツの中にはブラシとソーダ水も入っており、コンロだけでなく煙道の中まで徹底的に掃除をするつもりらしい。メイド隊の中でもとりわけ掃除が得意な彼女であれば、たとえ普段よりも大がかりな掃除であろうと、いつもの時間に朝食を用意できるのかもしれない。

だが問題はそこではなかった。

「なぜあなたが私の仕事を？」

ベルファストが疑問を口にすると、シェフィールドはつかつかと石炭コンロの前にやってきて、早速《さっそく》その場に屈《かが》みながら掃除に取りかかろうとする。

「それは私の台詞《せりふ》です、メイド長。なぜあなたがここにいるのですか？」

言っている意味がわからずぽかんとしてしまう。

シェフィールドは、そんなベルファストを呆《あき》れた目つきで見つめた。

「あなたが指示したのですよ？　今日の朝食の準備は私に任せると。本来であれば朝食はエディの仕事ですが、あなたの見送りをしたいと言うので特別に私が請《う》け負うことになったじゃないですか」

「ちょっと待ってください。私がシェフィにそう指示したのですか？　それに見送りって――」

驚くベルファストに対し、とうとうシェフィールドの口から大きな溜息《ためいき》がこぼれる。

彼女は無言でキッチンの壁にかけられたカレンダーを指で示した。

今日の日付には赤ペンで大きな花丸が記されている。すぐ下に視線を滑らせると、メモ書きできる小さな余白部分にも同じ赤ペンで何かが書かれていた。

筆跡から察するに、おそらくケントが書いたものであろう。

「……まさかと思いますが、本当に今日の日のことを忘れていたのですか？」

そのまさかであった。

ベルファストはカレンダーを眺《なが》めながら、ようやく今日が何の日であるかを思い出したのだった。

「今日は――私の休暇《きゅうか》、でしたか……」

余白部分には丸っこい字で『Ｈｏｌｉｄａｙ！　メイド長、いつもおつかれさま！』と書かれている。隣には、おそらくサフォークが描いたベルファストの似顔絵まで添えられていた。

「メイド長がどれだけ仕事好きなのか存じませんが――」

コンロ下のオーブンの中にある残った灰《はい》をかき出すと、それをバケツたっぷりに入れてシェフィールドは立ち上がった。

「――早く部屋に戻って私服に着替えてください。その様子だと準備もろくにしてないでしょうし、このままでは慌《あわ》てて外に出ることになりますよ？」

「そ……そうですね、急がないと」

言いながらベルファストは肩の力がふっと抜けるような感覚に襲《おそ》われた。それは一日の終わりに感じるはずの脱力であり、まだ朝日が昇ったばかりの時間にやってくるのはとても違和感がある。

シェフィールドは、動揺しているベルファストに優しい言葉をかけるわけでもなくただ黙々と仕事をこなしていた。彼女の背中を見ながらふらふらとキッチンを出て行くと、奪われた自《みずか》らの仕事を目の当《ま》たりにして少しだけ寂《さび》しい気分になる。

夏季休暇の通達書を渡されたのは、ちょうど雨の降りしきる二週間前の午後のことだった。

通達書には「日々の疲れを癒《いや》す温泉旅館コース」と「渓流《けいりゅう》のそばでアウトドアを味わうキャンプコース」という二択が選べるようになっていた。どちらも興味がなかったベルファストは、適当に前者に丸をつけて送り返すと、後日になって汽車のきっぷと旅館の宿泊券が自室に送られてきた。

ベルファストにとって、丸一日分の休暇というものはまったく未知の体験である。いつぞやの軍事委託《いたく》の授業があった日でさえ、夕食前にはもういつもの業務に戻っていたのだ。

現実味の湧《わ》かない宿泊券ときっぷを手にしながら、メイド隊に当日の仕事を割り振りした記憶がうっすらと思い起こされる。エディンバラや他のメイド隊たちに羨《うらや》ましがられながらも、なぜ彼女たちがそう思うのかあまりよく理解できていなかった気がする。

「ともかく準備をしなければ」

寂しい気持ちを振り切って、真鍮《しんちゅう》製の手すりに手をかけながら階段を上がっていく。

そうして自室にたどり着くと、なぜか落ち着かない気持ちのまままぐっとドアを押し開いた。

二段ベッドの下段では、エディンバラがすやすやと眠っていた。ナイトキャップにフリルのついたパジャマを着た彼女を、ベルファストは優しく揺すり起こす。

「朝ですよ姉さん。起きてください」

「う？　うぅ～ん……朝ぁ？」

もぞもぞと身をよじらせてから身体《からだ》を起こした姉を見て、ベルファストはベッド脇《わき》にある姉妹共同で使用している小さなクローゼットの前に向かった。

マホガニー材で作られた両開きのクローゼットを開くと、中にはずっと前に試着だけしてそのままになっていた私服が数着ほど眠っていた。暇《ひま》な日に他の洗い物と一緒に洗濯をしているだけの服を手に取って広げると、眠そうな目でそれを見ていたエディンバラが盛大な欠伸《あくび》を漏《も》らした。

「ふわぁ……んむ。そっか。今日はベルの休日なんだねぇ」

エディンバラは眼鏡《めがね》をかけてベッドから下りると、ゆったりとした足取りでクローゼットに近づいていく。そこでパジャマを脱いで白いスリップだけの姿になると、ベルファストの隣に並びながら自分のメイド服を取り出した。

「いいなぁベルは。一泊二日の温泉旅行だっていうし、私も早く休暇が欲しいなぁ」

「私は――」

ベルファストは俯《うつむ》きながらぽつりと漏らす。

「――私は、休日よりもメイドとして皆さまに奉仕するほうが好きです」

今日は小鳥にパン屑を与えてから、朝食の支度《したく》をした後、植物庭園の手入れをしようと考えていた。他にも、少女たちがあり余った元気でうっかり裂いてしまったカーテンの修繕《しゅうぜん》もするつもりだった。

雨続きで埃《ほこり》にまみれた中庭の彫像と、お茶会で使う円卓と椅子《いす》の掃除もしようと思っていたのだ。

それらをすべて別の子が自分の代わりに仕事してしまうと思うと、やはり少しだけ寂しかった。

「あ。待ったベル」

「……どうしたのですか？」

私服を手に取ったところで、エディンバラに引き止められて振り返った。

「んー……」

エディンバラは目を細めながらベルファストの私服を眺めると、突然クローゼットをごそごそと漁《あさ》り始めた。何だろうと思っていると、

「これを着てみて。せっかく買ったワンピースなんだけどサイズが合わなかったやつなの。ベルに似合うと思うんだけど」

そう言って彼女が取り出したのはチェックのワンピースであった。言われた通りにベルファストは姉からワンピースを受け取ると、頭からすっぽり被《かぶ》って襟元《えりもと》に挟《はさ》まった髪を出しながら訊《き》いた。

「どうですか？」

「うんうん。とってもいいよベル。実は可愛《かわい》い服も案外似合うんじゃないかなって思ってたんだ」

そうだろうか、と思いながらベルファストは鏡の前に立ってサイズを確かめる。普段と違うコーディネートだと、まるで自分が自分じゃないような気分になってくる。

「さっきの話だけど――」

着慣れぬ服に戸惑《とまど》っているベルファストの背中をぽんと叩《たた》きながら、エディンバラは笑いかける。

「一日くらいメイドの仕事を忘れたっていいじゃない。話に聞いたところじゃ温泉っていうのは疲労回復だけじゃなく、肩こりや冷え性や神経痛にも効《き》いたりするって話だよ？　メイド仕事をする私たちにとってはまさに楽園のような場所じゃない」

「私には肩こりも冷え性も神経痛もないですよ」

「なってからでは遅いの。予防よ予防」

温泉に予防の効果などあるのだろうかとベルファストは思っていると、エディンバラは鏡の前に立っている彼女の背中に回り込んで銀色の髪をそっとすくい上げた。

「せっかくだから、今日はお姉さんであるこの私がベルちゃんの髪を結《ゆ》ってあげるね」

「い、いや姉さん。私はそんな――」

「ほらほら。じっとしてて」

流されるように、ベルファストは姉の言うことに渋々《しぶしぶ》従った。

「どんなのがいいかなぁ」

エディンバラは赤いリボンを手にしてそう呟《つぶや》き、やがてベルファストの長く伸びた後ろ髪を大きく編《あ》み込んでいった。サイドで結んでローポニーテールの形に整えてから、リボンで留めた数カ所を膨《ふく》らみを持たせながらほぐしていく。

最後につばの部分がフリンジになったストローハットを被せると、エディンバラは満足そうに頷《うなず》きながら言った。

「名付けて『ゆるふわベルちゃん』ってね。メイド服もいいけどたまにはこういうのもいいでしょ？」

あらためて鏡を見てみると、まるで別人のように様変《さまが》わりしていて驚いた。

ゆるふわと言われると、確かにそんなコーディネートだとベルファストは妙に納得してしまった。

呆然《ぼうぜん》としている彼女をよそに、エディンバラはクローゼットの下にあったチョコレート色のファイバートランクを鏡の前まで持ってくる。

「一泊だとちょっと大きすぎるかもしれないけど、小さくて入らないよりずっといいよね」

「――ベル！　話は聞いたわよ！　温泉行くんだってね！」

突然勢いよく開けられた扉の前で、クイーン・エリザベスの大きな声が轟《とどろ》いた。

はっと我に返ってベルファストが扉のほうに振り返ると、

「ふふん。普段はまだぐっすりと眠っているはずの時間なのに、なぜ私が起きているのか不思議でたまらないといった表情ね？」

エリザベスは腕を組みながら自らそう言ってのける。

「本当に不思議です、陛下《へいか》」

「ちょっと！　素直に答えないで！　私だってたまには自分で早起きくらいするわ！」

地団太《じだんだ》を踏むと彼女はつかつかと部屋の中に入っていき、ベルファストを頭のてっぺんからつま先までじろじろと眺めまわしていく。

「なるほど……名付けて『ゆるふわベルちゃん』ってとこかしら？」

「そのネーミングは、以前にどこかで出たことがあるのでしょうか」

「そんなことより、温泉に行くならぜひお団子《だんご》を買って来てちょうだい。お茶会で食べてみたいの」

「紅茶にお団子ですか？」

意外な組み合わせだが、ダージリンならば意外と合いそうな気がしないでもない。

想像もしていなかったエリザベスの提案に、ベルファストはあまり乗り気でなかった旅行が少し楽しいものに思えてきた。買い出しという名目ならば、メイドとして出かける十分な理由にもなる。

「わかりました。陛下のために、美味《おい》しいお団子をたくさん買ってきますね」

「ただ美味しいだけじゃダメよ。とびっきり美味しくないとね——ところでエディはこの後、ベルのことを見送りに行くのかしら？」

「え？　はい、そうですけど……」

「ふーん、そうなのね」

エディンバラの言葉に、エリザベスは口を尖《とが》らせながらあさっての方向を見つめる。

興味のなさそうな口ぶりは相変わらず下手《へた》くそで、思わず吹き出してしまいそうなほどだった。

「よろしければ、陛下もご一緒にどうでしょうか？」

ベルファストが笑顔でそう尋《たず》ねると、エリザベスはその言葉を待っていたように耳をぴくっと反応させて振り向いた。

「……んもー、仕方ないわね。聞いてベル。見送りなんて、ホントはすっごく面倒《めんどう》くさいのよ！」

「はい。存じております」

「ホントにホントにすっごーく面倒くさいの！　絶対に行きたくないほどよ。でも、ベルがどうしてもって言うなら行ってあげてもいいわ。ホントに面倒くさいけど！」

「光栄でございます」

「どうしてもって言いなさい！」

「どうしてもご一緒に来ていただけないでしょうか？　陛下」

満足そうにふんと鼻を鳴らすと、エリザベスは胸を張って笑った。

「よし。仕方ないから行ってあげるわ！　ふふっ、ベルはとっても寂しがり屋さんなのねっ」

「ええ。私はとっても寂しがり屋です」

笑いながらベルファストは、ハットを胸の前で持ってぺこりと頭を下げる。

そしてゆっくりと顔を上げた時、廊下にウォースパイトの去っていく背中がちらりと見えた。

――なるほど。そういうことでしたか。

やはりエリザベスは一人で起きたわけではなかったらしい。

昨夜は書類仕事を遅くまでやっていたはずで、なのに彼女はこの時間を作るためにわざわざ早起きしてくれたのだった。心の中でベルファストは目の前にいる小さな女王様に感謝した。

「じゃあ急いで支度してちょうだい。それと今日のベルの髪型、ホントにすごく可愛いわね。これはエディがやってあげたのかしら？」

「ええ。あとで陛下にもやってあげましょうか」

エディンバラとエリザベスが談笑しながら先に部屋を出て行く間に、ベルファストはファイバートランクを開けて中に替えの下着と衣類を詰め込んでいく。

温泉の効能にメイドとしての技能向上もあったりしないだろうかと思いながら、支度を終えたベルファストはトランクを手にして二人の後を追った。

＊＊＊

「ここまでで大丈夫です」

母港の北側にある外門までやってくると、ベルファストは二人にくるりと振り返った。

高い外壁と見張り台のある門は、間もなくやってくる補給物資のために開放されたままだった。

「何を言ってるのベル。私も駅まで行くわ。せっかくだし汽車が見てみたいもの」

エリザベスが口を尖らせると、エディンバラはたしなめるように言った。

「陛下。外出の許可が下りていませんよ」

「そんなの女王の私には関係ないわ！　汽車が見たいの！　見たい見たいっ！」

だだをこねる女王に困り果てる姉を見て、ベルファストは言った。

「姉さん、確かロイヤル寮の離れにあるスティルルームに牛乳が保管されていたはずです」

スティルルームとは蒸留《じょうりゅう》を行なう部屋のことだが、ロイヤル寮のメイドたちはこの部屋をただの保管庫として使用していた。スティルルーム内には冷蔵品だけでなく冷凍品もあって、湿気の多い夏の間は特に重宝する場所でもある。

「今日はとても蒸《む》し暑いですし、もし私が休暇でなければガーデニングを終えた後にアイスを作ろうと思っていたのです」

「アイス？　アイスですって⁉」

ベルファストの思惑《おもわく》通り、その三文字を聞いただけで女王陛下は面白《おもしろ》いように食いついた。

「エディ、私アイスが食べたいわ！　今すぐよ！」

エディンバラの手を取りぐいぐいと引っ張りながら、彼女は門の前を離れていく。

「へ、陛下！　自分で歩きますから——じゃ、じゃあベル！　また明日ね！」

「はい、行ってまいります」

「ベル！　今日はメイド仕事を忘れて、ちゃんと休むのよ！」

最後にエリザベスも振り返って、遠くのほうから叫ぶようにそう言った。

二人の姿が見えなくなるまで手を振ってから、ベルファストは門を越えて歩き始めた。

駅は母港からそれほど遠くなく、少し歩いただけであっという間に着いてしまった。

駅舎をくぐり歩廊《ほろう》までやってくると、左右に伸びた線路の上でゆらゆらと陽炎《かげろう》が立ち上っている。近くの緑葉樹に止まったセミの鳴き声がして、ゆったりとした時間が流れているのを実感した。

「平和ですね……」

歩廊にある長椅子に腰をかけて、ベルファストはただ何もすることなく汽車を待ち続けていた。

日陰《ひかげ》の中に、生温《なまぬる》い風がそっと流れ込んでくる。

背中の汗《あせ》が冷えて、とても心地良かった。

「たまにはこうして、のんびりするのも悪くはないのかもしれません」

歩廊にかかった屋根の向こうには、キッチンで見た時よりも大きな入道雲が見えた。

近くに民家があるのか、どこからか風鈴の音が聞こえる。目を閉じて、物静かな中でかすかに音のするほうに耳を傾けて、日々の喧噪《けんそう》から離れた束の間の穏《おだ》やかな時間を堪能《たんのう》する。

なんだかとても贅沢《ぜいたく》な気分だった。

メイド長が仕事を休んでいいのだろうかという気持ちがあったが、今のベルファストは最初に思った時よりも少しずつではあるが、休日の楽しみ方を摑《つか》みはじめている。

――いただいた休みですし、せっかくならばしっかり楽しんで帰ることにしましょう。

と、今はそう思うようになっていたのだった。

五分ほどそうしていただろうか。

「あの、あなたはもしかして――」

左から突然声がしてぱちりと目を開ける。

その方向に顔を向けると、やってきたのは一人ではなく四人の女の子だった。

「――やっぱりベルファストさんでしたか。帽子を被っていて顔が見えなかったから、もし別人だったらどうしようかと」

私服姿で一瞬わからなかったが、話しかけてきたのはネルソン級戦艦の二番艦、ロドニーであった。その後ろには同級の一番艦であるネルソンも立っている。

「ありゃ。エディンバラはいないの？」

ロドニーの後でそう話しかけてきたのは、巡洋戦艦《じゅんようせんかん》のレパルス。きょろきょろと周囲を見回すその後ろには、彼女の姉でありネームシップ艦であるレナウンの姿も見えた。

「ええ。私だけです」

四人に向かってベルファストは頷いた。彼女たちはロイヤル寮では顔なじみの面子《メンツ》であり、軍事委託の講義の時よりもずっとリラックスした気持ちで話ができる人たちであった。

「そうなの？　ロドニーたちとはさっき駅舎の前で会ってそっちも姉妹同士だったから、てっきりそういう組み合わせで休暇が与えられているのかと思ってたよ」

からからと笑いながら、レパルスはベルファストの隣を指さした。座ってもいいかという合図だろう。そのまま頷くと「んじゃ遠慮なく」と断りながら腰をかけた。

レパルスの私服は至《いた》ってシンプルで、Tシャツにホットパンツ姿だった。長椅子に座ってすらりと伸びた白い脚《あし》を組んでみせる彼女を見て、ベルファストはふと思ったことを口にした。

「でも意外です。レパルスさんがここに来るなんて」

「え？　そうかな？」

「休暇の選択にはキャンプもあったので、そちらを選ぶとばかり」

「キャンプのほうが私らしいってこと？　まぁーその通りというか、実際そうしようと思ってたんだけど姉さんが、ね」

そう言って彼女は、ちらと横目で姉のレナウンを窺《うかが》うように見つめる。

レナウンは無表情のまま視線を落とす。その視線の先にはこれから向かうであろう温泉街のパンフレットが開かれていた。

「あの二択であれば、温泉のほうが魅力的です」

レナウンはきっぱりとそう答えた。

「でもキャンプはアユとか釣ったりバーベキューしたり、花火とかも用意されてたって話だけど」

「このパンフレットを見てないから、そんなことを言っていられるのですよ」

そう言ってから、つらつらとパンフレットに書かれている言葉を読み上げていく。

「母港の北に発見された天然の温泉。その泉質《せんしつ》はナトリウム、カルシウム、硫酸塩《りゅうさんえん》、塩化物《えんかぶつ》泉《せん》の弱アルカリ性。古くから美肌の湯として伝えられ、まるで化粧水のような効果があるとされ――」

淡々《たんたん》とした口調でレナウンがそこまで読み上げると、その場の全員がパンフレットの前に集まり、食い入るような視線でその文面を凝視《ぎょうし》した。

「なになに……『その歴史は千二百年前にさかのぼり、一度入浴すればお肌はしっとりすべすべ、二度入浴すればどんな病《やまい》も怪我《けが》もたちまち治る――」

「――効能がなかったという話は聞いたことがないので、世間《せけん》では【神の湯】と言われている』だそうですけど……でも、本当にそんな効能が温泉にあるのでしょうか？」

レパルスの後に続いて声を出したロドニーが、顔を上げて皆を眺めまわした。

しかし誰も彼女の言葉に反応しない。

「この中で、天然の温泉に入ったことがある方はいらっしゃいますか？」

そうベルファストが尋ねても返事はない。

つまりここにいるメンバーは皆、母港の人工温泉にしか入ったことがない温泉未経験らしい。

「眉唾《まゆつば》ってまさにこのことね」

ネルソンが一人つまらなさそうにその場から離れていく。

「誇張して書いてるだけよ。美肌の湯と書いてあるけど、実際はただの温かくなった湧き水なんじゃないの？」

「ですがこのパンフレットによると、製薬会社の研究で実証されているとあります。美肌効果が科学的に証明されている――と」

ベルファストがパンフレットの隅《すみ》に小さく書かれた箇所を指して告げても、ネルソンはまるで信じられないといった風に首をふった。

「あまり期待しないほうが、がっかりしなくていいって言ってるの。見たら他にも動脈硬化やリウマチにも効くってあるし、お湯に浸《つ》かっただけでどうしてそんなに色々回復するのよ」

「ではネルソンさんは、なぜ温泉旅館を選んだのですか？」

「そりゃあ美味しいカイセキ料理が食べられるって聞いたからよ。キャンプでバーベキューみたいな大味の食べ物を食べるよりも、とびきりのシェフが作ったごはんを食べたほうがいいでしょ？」

その時、ポーッと汽笛《きてき》の鳴る音が聞こえてその場にいた全員が振り返った。

見れば汽車が煙突から蒸気を吹き出し、ゆっくり速度を落としながらこちらに向かってきている。

「ロドニーは逆にめいっぱいわくわくした方がいいかなって思っています。せっかくの休暇なんだし、いっそ騙《だま》されてやるぞって気持ちのほうが楽しめるんじゃないかなって」

そう言ってロドニーは荷物を手にしながらうきうきと汽車の中に入っていくと、ネルソンも後に続いていく。

「あ。ちょっとあんた待ちなさい！　言っとくけど窓側は私の席だからね！」

その後にレナウンとレパルスが汽車の中に入っていき、最後にベルファストが乗り込むと、

「なんだか色々あるかもだけど、まぁ仲良くやろうよ」

客室に入る前に、レパルスがベルファストに向かって握手を求めてきた。

「こちらこそです。いい旅にしましょう」

ベルファストはレパルスの手を握って、にこりと微笑《ほほえ》む。

程なくして汽笛が大きく鳴り響くと、汽車は五人を乗せて温泉を目指してゆっくりと走り始めたのだった。

＊＊＊

五人の乗った汽車はいくつもの山を越えて走り続けていく。

途中でベルファストは、レナウンが持っていたパンフレットを最初から順番に読んでみた。

それによると、どうやら古くからあったこの温泉は、最近になって重桜《じゅうおう》の子たちが本部に働きかけて一帯を大きな温泉街風の休養施設にしたとのこと。

そうしてパンフレットの写真を眺めているうちに、汽車は目的の駅に停車した。

駅舎を出る際にベルファストはレナウンにパンフレットを返すと、そのまま駅舎にかけられた大きな時計を見た。

とうに正午を過ぎていることに気づいたその時、ロドニーが皆を振り返って言った。

「旅館の前に、先にどこかでごはんを食べませんか？」

「そうだねー。汽車ではずっと酸素コーラばかり飲んでたし」

レパルスがお腹《なか》を押さえると、ちょうどその横にいたレナウンがパンフレットに書かれている旅館周辺の店の一つを指さした。

「この温泉の辺《あた》りはおそばが有名のようです」

「おそばいいわね！」

すると突然、ネルソンが嬉《うれ》しそうに大声をあげた。

先ほどまでのつんとした態度はどこへやらで、皆がぽかんとしていると、

「……ご、ごほん！」

彼女はわざとらしく大きな咳《せき》をしながら、赤い顔でそっぽを向いた。

「お、おそばなんて滅多《めった》に食べないじゃない？　だからつい声がおっきくなっちゃったの！

「ふん！」

「そうですね。私も知ってはいますが口にしたことはありません」

ベルファストは淡々とした口調で頷くと、パンフレットを持っているレナウンに顔を向けた。

「レナウンさん、おそば屋さんはここからどれくらいかかるんでしょうか？」

「歩いて行くと、おそらく三十分くらいはかかります」

「それくらいなら歩こうよ。温泉街をしばらくぶらついてたら、いい感じにお腹も空《す》くだろうしさ」

レパルスの言葉に誰も異存《いぞん》はなく、各々《おのおの》荷物を持って道なりに歩き始めた。小さな駅舎を離れるとすぐに「温泉街」と書かれた矢印《やじるし》の看板《かんばん》が見えて、その通りに角を折れていく。

次第《しだい》に飲食店や旅館の建物が見えてくると同時に、街の中にたくさんの提灯《ちょうちん》が吊《つ》り下げられていることにベルファストは気づいた。

「もしかすると『夏祭り』というものをしているのかもしれませんね」

その言葉通り、提灯の並ぶ道を歩き続けていると縁日《えんにち》の屋台がずらりと並んでいる場所に出た。電柱にくくりつけられた小さなスピーカーからは軽妙な祭囃子《まつりばやし》が流れていて、聴いているだけで楽しい気分にさせられる。実際にこの目で夏祭りを見たことがなかったベルファストには、とても新鮮な光景であった。

前を歩いていたロドニーも、思わず顔を綻《ほころ》ばせる。

「あとでぜひここに寄りましょう。金魚すくいをやってみたいです！」

他の皆も立ち並ぶ屋台と提灯に囲まれながら、すっかりその光景に心を奪われてしまっているようだった。最後尾のベルファストも、ついきょろきょろと辺りを見回してしまう。

そのような中を歩き続けていたこともあって、体感的には三十分も歩いたなんてちっとも感じないで、おそば屋さんに着いてしまった。

「旅館もここからすぐ近くです。さっそく入りましょう」

レナウンが戸を開けると、すぐに店の中から元気な声が飛んできた。

「──いらっしゃーいっ！」

「──五名様ですね……ってあれ？」

どこかで聞き覚えのある声に五人が顔を上げると、そこには東煌《ドンファン》の平海《ピンハイ》と寧海《ニンハイ》がエプロンをして立っていた。

「姉ちゃん、ロイヤルの人たちだよ。なんでロイヤルの人たちがここにいるんだろ？」

首を傾げる平海にネルソンが近寄っていく。

「それはそっくりそのままこっちが聞きたいんだけど？」

すると、隣にいた寧海がお盆を持ちながら二人の間に割って入った。

「民間交流の一環《いっかん》として私たちはここで働いてるの。あなたたちこそ何でこんなところに？」

「私たちは休暇。一泊二日の夏休みをもらって美肌温泉に入りに来たの」

ネルソンが見下ろすように二人を見つめると、平海は思い出したようにぽんと手を打った。

「そっか。ここのことだったんだ。休暇のコースにそんなのがあったって前に逸仙《イーシエン》姉が言ってた」

「ああ、確かあったわね。そんな話」

寧海が相槌《あいづち》を打ちながら、五人をテーブル席へと案内する。

「逸仙さんも、この温泉に来たんですか？」

ロドニーが尋ねながら席に座ると、寧海は頷きながら五人のテーブルにお品書きを広げた。

「うん。数日前に来てたはずだけど、その時は私たち姉妹もまだここで働いてなかったからね。逸仙ったら戻って来たときはもうお肌がツルッツルのスベッスベでね」

寧海が両手で自らのほっぺに触れると、隣で平海も真似《まね》するように両手でぐにゅぐにゅと自分のほっぺを押さえつける。どちらもモチモチとしたとても柔らかそうなほっぺだった。

「ま。もし選ぶとしても私たちは断然キャンプだけどね。もう通達書にもそう送ったし」

「バーベキューは食べ放題だから、姉ちゃんと食いだめしようってずっと話してたの」

「余計なこと言わなくていいの！　じゃあ、注文決まったらまた呼んでね」

そうして姉妹ともにその場を去っていっても、ネルソンはまだ疑《うたぐ》り深く眉をひそめていた。

「ホントに美肌になるのかしら……まぁ実際に入ってみればわかることだけど」

そこでちらと彼女がベルファストを見つめる。

「どうしたのベルファスト？」

「え？」

ベルファストは東煌の姉妹の向かった先をいつまでも眺め続けていた。

エプロン姿を見たせいもあって、なんとなくむずむずとメイドの血が騒ぎ始めている。汽車に乗る前はちゃんと休日を楽しむ気になっていたはずなのに、もう仕事のことを考えてしまっていた。

「そ。そのなんと言いますか──私も彼女たちに付き添って皆さまにご奉仕をした方がよろしいのではないかと……思いまして」

「はぁぁ？」

ネルソンが呆れたように頬杖《ほおづえ》をつく。

だがベルファストにとってはとても深刻な問題であった。実は私服のワンピースも着た時からずっと落ち着かなくて、皆と一緒にお客としてこの場にいるのがどうにも息苦しい。

「や、やっぱり私もおそばを作りに──」

「ダメよ！　ダメダメ！」

立ち上がろうとしたその手を、ネルソンがぎゅっと掴んで拘束《こうそく》する。

「休暇でしょ？　夏休みでしょ？　なんであんたが働こうとするの。ゆっくり休んでっていう指揮官からのお達しに素直に従いなさい」

「で、でも私は――」

「ネルソンさんの言う通りです」

レナウンは姿勢良く席に座りながら、真っ直《ます》ぐベルファストの瞳《ひとみ》を見つめる。

「今日は私たちを労《ねぎら》うための休暇のはずです。メイドとして落ち着かない気持ちはわかりますが、今日くらいはせめて、する側ではなくされる側になってみてはどうでしょうか?」

「で、ですが……」

頭ではわかっていても心が誰かに奉仕することを求めている。渋々座り直してはみるものの、ベルファストはざわつく胸の内を抑えきれないでいるのだった。

「まぁいいから大人しくしてなさいっての。それよりおそばは、と」

ネルソンがお品書きにある写真を眺める。この店のおそばは他でよく見るものよりも少し色が黒っぽい。三段重ねの丸い漆器《しっき》に盛られたおそばは、さながらおせち料理の重箱のようだった。

「皆これでいい?」

おそば以外にも丼物《どんぶりもの》があったが、誰も他のものを食べるつもりもないようで黙って頷く。

ネルソンが手を挙げると、やってきた東煌の姉妹に同じものを五つ頼んで待つこと数分。

「はい、お待たせしました」

平海と寧海の二人が持ってきたのは、写真通りの三段重ねになったおそばとだし汁《じる》であった。

添えられた薬味《やくみ》にはのりと青ねぎと大根おろしがあり、おそば自体には胡麻《ごま》がたっぷりとかけられ、卵が載《の》っている。

「一段目のおそばにだし汁を全部かけて召し上がるそうよ。一段目を食べ終わったら二段目のおそばに残っただし汁をかけて食べる。三段目も同じようにだし汁を使いまわすの」

「なんとも変わった食べ方ですね」

ロドニーがおそばを上から覗《のぞ》きこむように見つめる。

「この辺りの郷土料理みたい。それじゃごゆっくりー」

手を振って去っていく姉妹を見送ってから、五人はそれぞれ箸《はし》を手に取った。

しかし、慣れない手つきで箸を動かす一同。思うようにそばをたぐることができずにいるレパルスが皆を見つめて言った。

「フ、フォークをもらおうか？」

「そんなのダメよ！」

ネルソンがすぐに声をあげるも、彼女もまたなかなかうまく箸を使えないでいるようだった。

「せっかくのおそば屋さんに来てお箸を使わないなんて……。郷《ごう》に入っては郷に従えって言葉通りに、ちゃんとこうやって――あっ！」

言ってるそばからネルソンは、たぐったおそばをお皿の上に落としてしまう。もどかしそうにうぅーっと唸《うな》ってベルファストを見ると、

「どうしましたか？」

何事もないようにベルファストは器用に箸を使っていた。

「ベルファストさん、一体どこで箸の使い方を？」

ロドニーの言葉に、ベルファストはそつなく答える。

「一応、各地の作法は勉強済みです。メイドとして様々なお客さまにご奉仕をしなければならないので」

「教えていただけませんでしょうか？」

と言いながらレナウンは箸を握るように持っている。ベルファストはにこりと笑うと、皆に箸の持ち方を一から丁寧《ていねい》に説明した。

独特の香りがするおそばは想像していたよりも固めに茹《ゆ》で上がっているようだった。嚙《か》めば嚙むほどその風味が口の中で広がっていき、カツオと昆布《こんぶ》で作られただし汁も香りが強い。

「美味しい！　これなら三段だけじゃ少なすぎるよ」

ようやく箸の使い方にも慣れたレパルスはずるずるとおそばを啜《すす》っていく。たどたどしい手つきではあったが、箸を持つ手は一度も止《とど》まることなく二段目に移ると、今度はちょっとずつ味を変えるようにして薬味を加え始める。

特に来る前から楽しみにしていたネルソンは、すごく満足そうにおそばを啜っていた。普段のツンケンした彼女からは考えられないほどの満面の笑みで、しかも本人はその表情に自分で気がついていないらしく隠そうともしない。

なかなか貴重な瞬間を目撃しているかもしれないと思いながら、ベルファストも一緒になっておそばを啜る。

――ですが……。

お客としてこうして座って食べているのは、やっぱりどうも落ち着かないのであった。

＊＊＊

おそばを食べた五人は、その後すぐに旅館へと到着した。

鍵《かぎ》を渡されてから館内地図の通りに番号が書かれた場所へ向かうと、そこはかなり広々とした部屋で、五人どころか八人分の布団《ふとん》を敷いてもまだ余裕があるくらいのお座敷であった。

「着いた着いた！　へっへー、ここ一番乗りーっと」

奥にあった長方形のちゃぶ台に並べられている座椅子《ざいす》を目にすると、レパルスは外の景色が見える一番窓側の場所に陣取《じんど》った。

「思っていた以上に大きな部屋でびっくりね」

先ほどあれだけ子供っぽく笑っていたはずのネルソンは、すっかり普段通りになってレパルスの向かい側に座る。

「浴衣《ゆかた》もスリッパもちゃんと人数分ありますね」

一方、レナウンは入り口近くのクローゼットを開けて中を確認すると、そのままトイレや備えつけのテレビの横に置かれた備品のチェックをしはじめる。

「見てください、暇つぶし用のパズルなんかも置いてあります。しかも売店でこれと同じものも売ってるそうです。なかなか気が利《き》いている旅館ですね」

「レナウンさん、そういうところが気になっちゃうんですね。意外でした」

ロドニーはくすくすと笑うと、布団の置かれている押入れのそばに荷物を置いた。

「皆さん、お荷物は一緒にこの場所に固めましょうか。ベルファストさんもほらここに――」

そう言って振り返ると、ベルファストはじっと一点を見つめたままその場で固まっていた。

「――ベルファストさん……?」

どうしたのかとロドニーが首を捻《ひね》りながら、彼女の見ているテレビ横のほうに目を向ける。

置かれていたのはパズルだけではない。そこには人数分の湯呑《ゆの》みと緑茶のティーバッグ、それに甘い和菓子と給湯《きゅうとう》ポットも置かれていた。

ベルファストの身体が、まるで何かに取り憑《つ》かれているかのようにふらりと左右に揺れる。

「えっ、あのちょっと……」

困惑《こんわく》するロドニーの声を聞いて、他の皆もようやくベルファストの様子がおかしいことに気づいた。

長いこと職務から離れていたベルファストも、いよいよここが限界であった。

もうこれ以上は身体の内に流れているメイドの血には抗《あらが》えない。

今すぐにでも誰かに給仕《きゆうじ》をしなければ。

「すぐに……お茶をご用意します」

それだけを言って、ベルファストは一歩前に踏み出した。

「待ってください！」

慌ててロドニーが掴まえようとするも、ベルファストはその手をするりとかわしてテレビ横に立つレナウンのもとまで走り出す。

「なんて素早い身のこなし……っ⁉」

びっくりするロドニーには目もくれず、ベルファストは湯呑みの置かれた一点を見つめている。

レナウンはパズルを湯呑みのそばに置く。

そしてひとつ息を吐いて、そっと目を閉じた。

「あれだけ言ったにもかかわらず……はぁ、仕方ありませんね」

やがてベルファストが目前まで迫ってきたその瞬間、

「レナウン――両舷全速《りようげん》！」

目をカッと見開き腰を深く落とすと、向かってくるベルファストをさながらレスリングのようなタックルで迎え撃つ。畳《たたみ》を蹴《け》りつけた時の初動の踏み込みは、おそらくその場にいた皆の目にも留まらぬほどの素早さで、レナウン自身も確実に彼女を捕らえたと思ったに違いない。

ところが、ベルファストはあらかじめその動きを読んでいたように、タックルの初速の段階からすでにその場をふわりと飛び上がっていた。見事にかわされて勢いあまったレナウンは、そのままバランスを崩《くず》して、畳の上に鮮やかなヘッドスライディングをきめてしまう。

ベルファストはくるりと華麗《かれい》に宙返りをして着地した。

すでに湯呑みとの間の距離は目前。

あと少しだと思ったその瞬間、

「はいはーい、そこまで」

いつの間にか、座椅子に座っていたはずのレパルスに後ろから身体を羽交《はが》い絞《じ》めされてしまった。

「……っ！」

レパルスに拘束されてもがくベルファストの目の前で、これまた座っていたはずのネルソンが、いつの間にか湯呑みのセットを取り上げて座椅子のほうへと持っていってしまう。

「往生際《おうじょうぎわ》が悪いわよ。ったく、どれだけ仕事好きなのよアンタは」

羽交い絞めされている間に、ネルソンはてきぱきと全員分の湯呑みとティーバッグを並べて、水を入れた給湯ポットの電源を入れてしまう。

自分のする役割がなくなってしまうと、焦《あせ》ったベルファストが声をあげる。

「や、やめてください。それでは私のすることが……」

しかし手を休めずにネルソンはすべての支度を整えると、ゆっくりと元の座椅子に座ってしまった。給仕の仕事を完全に奪われてしまったベルファストは、ようやくレパルスの手から解放されると、その場にぺたりと尻餅《しりもち》をつく。

「わ、私の給仕が……」

だらりと両手をつけると、派手《はで》にすっ転んでいたレナウンが立ち上がって彼女の肩にぽんと手を置いた。

「私たちに給仕はいりません。今日はメイドのあなたと一緒にいると思ってはいませんから」

顔を上げると、すりむいてしまったのかレナウンの鼻の先が赤くなっていた。

それを見てベルファストは、はっと我に返る。

「……す、すみません。私のせいで鼻を」

「でも、ベルファストさんらしいですね」

そう言ってロドニーが差し伸べた手を取ると、ベルファストはゆっくりとその場を立ち上がった。

「黙っててほしいって言われたんだけどさ」

ネルソンは座椅子に座ったまま、そう口を開く。

「実は私たち姉妹が寮を出て行く時、メイド隊のシェフィールドから言われたのよ。『あのメイド長は休むという概念がない方なので、ちゃんと休ませてあげてほしい』ってね」

「シェフィが……?」

普段あれだけ素っ気ないシェフィールドの姿を思い出して、ベルファストは意外に思った。

「その後ですれ違うようにしてエディと陛下にも会いましたけど、あの二人も同じことを言ってましたね。『ベルは仕事大好き人間だから、もし働こうとしたら止めてあげて』と」

そんなロドニーの言葉にうんうんと頷くネルソン。

「余計なお世話かもしれないけどそれだけ皆も思ってるんだし、今日くらいは忘れなさいよ。仕事のことをさ」

なんだか子供扱いされているような気分になって、ベルファストはぽおーっと顔が熱くなった。慌てて両手で隠すように顔を押さえながら、心の中で思う。

——あの人たち、普段から私のことをそんな風に思っていたのですね。

優しさからの気遣《きづか》いだとわかるので嬉しい気持ちもある。だが恥《は》ずかしさのほうが、ずっと上回っていた。

「まぁともあれ落ち着いたということで」

レパルスがまとめるようにぱちんっと手を打った。

「お菓子と一緒にお茶を呑んだら温泉に入りに行こうよ。はたして美肌効果は真実なのか、乞《こ》うご期待ってところだね！」

給湯ポットのごぼごぼとお湯が沸き始める音が聞こえてきても、ベルファストはすぐには皆のほうを向けなかった。

あれだけの失態《しったい》のあとで恥ずかしがっている顔まで見られてしまったら、今度こそ本気でもう立ち直れないかもしれないと思い、どうにか顔の熱を冷まそうと必死になっていたのだった。

＊＊＊

五人が大浴場に向かう頃には、太陽も西の方角に傾き始めていた。

脱衣所に着くと、服を脱ぐ前にベルファストは髪留めのリボンを外そうとした。

鏡の前に立ってリボンに触れたところで、その手をぴたりと止める。

――そういえば、この髪型は姉さんが結ってくれたんでしたね。

振り返れば、今日はずっと普段の自分とは別の過ごし方をしていた。それこそ別人のように。

もしかするとエディンバラはそうしてほしいという想いもこめて、この髪を結ってくれたのかもしれない。

実際のところはどうかわからないけれども。そんなことを思いながらベルファストはすっとリボンを解いた。

「いーなぁ、いーなぁ」

レパルスの声がして振り返ると、他の皆はもう下着姿の状態になっている。一体どうしたのかと思いながら、ベルファストもすぐにワンピースを脱ぎ、服を畳《たた》みはじめながらかごに入れる。

どうやらレパルスはロドニーとネルソンの胸をじろじろと見つめながら、自らの胸のサイズと比較して羨ましがっているようだった。

「ロドニーもネルソンもどっちもおっぱい大きくて羨ましいなぁ、いーなぁ、いーなぁ」

「ちょ……っ！　勝手にじろじろ見ないでよっ！」

赤の下着のネルソンが胸を隠しながら離れていくと、レパルスの隣で水色の下着をつけたレナウンが自らの胸をふにふにと触っている。

「確かに私たちの胸はやや控《ひか》えめすぎかもしれません」

「姉さん、冷静に分析してないでここは彼女たちから聞くところだよ！　普段どんなものを食べてるのか、とかどんな運動をしてるのかってさ！」

ぴしっと人差し指を立てて姉であるレナウンに妙なことを吹き込むと、レパルスはそこでようやくベルファストのほうに振り向いた。

「あ！　そういえばベルファストもおっぱい大っきいんだった！　ねぇねぇ、どうしたらそんなに大きくなるのか教えてよぉ～」

「と言われましても……」

返答に困りながら、詰め寄ってくるレパルスに一歩下がると、案の定、彼女の手がぬっと伸びてきた。

「ほい、隙《すき》ありーっと」

ベルファストは胸をタッチされて、そのまま五本の指でむにむにと揉《も》みしだかれてしまう。

「どうどう？　揉まれている気分は」

「どう、と言われましても」

ベルファストは平常心のまま、一切の反応も示さずにその手をじっと見つめるだけ。

「……ちょっと」

「はい？」

それまでの高い声から急にトーンが低くなったレパルスに、けろりとした表情で顔を向ける。

「ここは『きゃっ！』とか『あん』みたいな声を出すところじゃないの？」

まるでオジサンのようなことを言い出すレパルスは、さらに揉み揉みとやらしく手を動かしてみせるがベルファストはきょとんとしたまま。

「ですが、同じ女性同士ですし」

「いや、そうなんだけどさぁ……」

「隙ありです」

「うわ、ちょ。ちょっと」

反撃するようにさっと手を伸ばすと、ベルファストは淡い緑の下着のレパルスの乳房を下から持ち上げるようにしてふにふに揉み始めた。

「きゃっ！　ちょ、ちょっとそれは……」

「ここは『きゃっ！』とか『あん』みたいな声を出すはずでは？」

意地悪っぽく笑ってみせると、レパルスはうぅーっと唸り声をあげながら頬を赤く染めていく。

「ちょ、ちょっと本当にやめてほしいというか……あ、うぅ」

必死で我慢《がまん》をしているように下唇《くちびる》を噛む彼女の姿を見て、ベルファストはさらに大胆《だいたん》に胸を揉みしだいていく。

「ここはどうでしょう？」

「や、やめ——それ以上は本当に……うぅぅーっ!!」

「バカなことしてないでさっさと行くわよ」

二人の様子に呆れ顔でネルソンが浴場の引き戸を開く。話している間にさっさとタオル一枚だけになった彼女は湯けむりに包まれながらとっとと中に入ってしまった。

「ではお先に」

続いてロドニーが浴場に行き、その後すぐにレナウンもタオル一枚になっていなくなる。

「こ、これ以上はもう……限、界——」

レパルスはプルプルと身体を震わせると、とうとうこらえきれずに大きな声をあげた。

「——あ。あははは！　ほ、ほら皆ももう行っちゃったし私たちも——あははは！　だからくすぐったいっての！　やめてぇ～っ！　わ、私が悪かった……あはははっ！」

レパルスがベルファストのおっぱいから手を離す。

しかしそれでもベルファストは攻撃の手を緩めなかった。

「そういえば女の子のおっぱいは揉めば揉むほど大きくなると聞いたことがあります。もうしばらくこのまま続ければ大きくなるかもしれませんよ？」

「ひ、ひぃーっひぃーっ……お願いもうやめて……こ、降参《こうさん》するから！　私が悪かったからーっ！」

もはや限界のレパルスが涙を浮かべながら叫ぶのを見て、ようやくベルファストも手を離した。ぜぇぜぇと肩で息をしながら四つん這《ば》いの姿勢になっている彼女の前で、畳んだ服を脱衣かごの中に入れ終わると、

「レパルスさんのおっぱいは弾力があって、すごく揉み心地が良かったです。それだけでも殿《との》方《がた》にとっては十分に魅力的なおっぱいかと思います」

そう言ってまたしても意地悪っぽく笑いながら、タオルで胸を隠して浴場に向かっていった。

浴場はすごくシンプルな造《つく》りで、大きな普通の浴槽《よくそう》とその横にジェットバスのついたやや小さめの浴槽と、サウナと併設《へいせつ》されている水風呂があるだけだった。

ジェットバスの浴槽とサウナの間にあるガラス戸は外に繋《つな》がっているらしく、すでに先に入った面子は外の露天《ろてん》風呂へと向かってしまったようだった。

軽くシャワーで身体を流してから、ベルファストもガラス戸を開けて外に出る。すると周囲を囲む山々が見渡せる絶好のロケーションの中に、大きなヒノキの露天風呂が待ち構えていた。

そばまでやってくると、ネルソンがびっくりしながらベルファストに告げる。

「ね、ねぇ。ちょっと。ホントすごいから、あんたもすぐに入ってみなさいよ！」

「どうしたのですか？」

急《せ》かすようなネルソンの言葉に首を傾げていると、隣のロドニーが不思議そうな表情で右肩の部分を撫《な》でつけている。

「こう、触っているだけでぬるぬるするというか……まるでとろみのついたお湯に浸かっているみたいです」

「そうなのそうなの！　もう入ってるだけでわかるわ！　これ、絶対に肌にいいわよ！」

あれだけ懐疑《かいぎ》的だったネルソンがこれだけ興奮《こうふん》しているということは、想像以上のようだ。

ベルファストもさっそく湯船の中に身体を沈めてみる。程よい湯加減でぽかぽかと身体が温かくなっていくのを感じながら足や腕や首筋を触ってみると、確かに言われた通り、ぬるぬるとした肌触りを実感する。

「か、顔も温泉に浸けたい！　浸けたいけどそれはさすがにはしたないからできない……っ！」

悔《くや》しそうにネルソンが身悶《みもだ》える。まだ小さな子供ならば泳いだりしている姿を見かけなくもないが、さすがにこの面子の中ではマナー的にもあまりよろしくはないだろう。

「軽くパッティングするならいいのでは？　化粧水をつける時のような感じでこう――」

レナウンはそう言って自ら実践《じっせん》するように温泉の湯を両手ですくい取って、顔をぱちぱちと叩く。

「そ、そうね！　それいいアイデアよ！」

やがて遅れてやってきたレパルスは、それぞれ温泉の湯をすくいながら何度も何度もパッティングする姿を見て思わずぎょっとする。

「な、なにしてんの皆？」

「いいから、あんたもさっさと入ってぱちぱちしなさいよ」

ネルソンに従うようにして湯船に入ると、レパルスもそのとろみに感動したのか目を大きく見開いて身体を湯の中に沈めていく。

パッティングを何度も繰り返すことで、顔も段々と浸かっている身体と同じようなぬるぬるとした手触りになってきた。

身体もだいぶ温まってきたと思い、ベルファストは少し身体の火照《ほて》りを冷まそうと立ち上がった。ひざ下の足の部分だけ温泉に浸けたままで、ヒノキでできた湯船のへりにお尻《しり》を乗せる。

「ふぅ～極楽《ごくらく》だねぇ」

レパルスもへりに肘《ひじ》を置いて、ぐだーっとしながら気持ちよさそうに目を閉じていた。

その一方で赤く火照った身体のレナウンは、つんと張った小ぶりなお尻を隠そうともしないで湯船から出て行こうとする。

「これ以上はのぼせそうなので、私は先にあがります」

そう言ってはいるもののレナウンはすでにとろんとした目をしていて、どう見てものぼせているようにしか見えなかった。

ぽーっとした顔のまま彼女がいなくなったところで、今度はロドニーが立ち上がった。

「ロドニーもそろそろあがろうと思います。それにしてもまさか天然の温泉がここまでのものとは思いもしませんでしたね」

立ち上がった瞬間、ぷるんと大きなおっぱいが揺れた。羨ましそうに見つめるレパルスの視線に気づくことなく、ロドニーは胸をタオルで隠しながら湯船を出てガラス戸まで歩いていく。

「ねぇ。お風呂からあがったら、夕食の前にお祭りを見に行きましょうよ」

ネルソンは思い出したようにベルファストに告げる。

「そうですね」

まだ夕食まで少しの時間がある。

浴衣に着替えて、一時間ほどお祭りをゆっくりと見て回るだけの余裕はありそうだとベルファストは思った。

＊＊＊

浴衣を着て旅館を出ると、外はすっかり薄暗くなり始めていた。

空を見上げれば、紺青《こんじょう》に染まり始めた中に輝く一番星が見える。

視線を落とせば、ぼんやりと灯《とも》る提灯に彩《いろど》られた温泉街の小道が曲がりくねって続いていた。

「射的《しゃてき》やろうよ射的！　それから綿《わた》あめを買って。あと水風船も！」

どこか幻想的で郷愁《きょうしゅう》を誘うその小道を、レパルスは姉のレナウンの手を取って駆け出していく。

「あ！　ちょっと待ちなさいよ！　勝手に行動しないで！」

ネルソンは慌てて追いかけようとして、その後に付き添うような形でロドニーが歩き始める。

「ふふっ。では少し自由時間ということにしましょうか」

あっという間に一人だけ取り残されてしまったベルファストは、小道にぽつんと立ち尽くしてしまった。

ずっと突っ立っていても仕方がないと思って足を動かし、適当なところで角を曲がると提灯の暖かな光に包まれた屋台が左右にずっと続いている道に出た。

「それにしてもこの出店は、一体どなたが開いているのでしょう……？」

立ち並んでいる屋台を眺めながら、適当に「たこ焼き屋」と書かれた一店を覗いてみる。

「すみませ──あら？」

そこには『饅頭《まんじゆう》』が、ハチマキを頭に巻いて一生懸命たこ焼きをひっくり返していた。

「なるほど、ここの屋台はあなたたちが経営していたんですね」

一心不乱《いっしんふらん》に仕事をしている『饅頭』の姿に、つい口元を緩ませてしまう。

よく見れば他の屋台でも『饅頭』たちが、焼きそばやお好み焼きを焼いている姿が見える。中にはケバブを捌《さば》いていたりと、なかなか器用なこともできるらしい。

「たこ焼きをいただいてもよろしいでしょうか？」

出来上がったばかりのたこ焼きを受け取って、ベルファストはしばらく祭囃子の流れる街の中をゆっくりと歩き回った。無意識のうちに笑顔になっていることにも気づかないで、初めてやってきた夏祭りの風景に胸を躍《おど》らせる。

今朝あれだけ浮かない気分であったのが嘘《うそ》のようだった。途中で配られていた夏祭りの告知が書かれたうちわを持ってぱたぱたと扇《あお》いでいると、今度は「くじ引き」と書かれた屋台を見つけて興味を惹《ひ》かれるままに入っていく。

「おひとつ、くじを引いてもいいですか?」

紐《ひも》の束を『饅頭』に渡され、中の一つを選んで引っ張ると、ベルファストが引いた紐は駄菓子に繋がっていた。他の豪華《ごうか》な景品を見る限り、どう見てもはずれのそれを見つめてくすりと笑う。

駄菓子を受け取ってからもう少しだけ歩いていくと、程なくしてその道に並んでいる最後の屋台にまでたどり着いてしまった。

ここで終わりかと思ったその時、ベルファストはレナウンが持っていたパンフレットにこの近くの神社がちょっとした人気スポットとして紹介されていたのを思い出した。

「確か……方向はあっちだったような」

うろ覚えながらもベルファストは最後の屋台の先へと歩いていく。途中で駄菓子を口にしながら段々と提灯の明かりが少なくなる中、やがて神社の鳥居《とりい》が奥のほうに見えてきた。

鳥居は二つあって、そこをくぐって石段を上がっていく。

上がった先の境内《けいだい》にも提灯が吊るされていたが、街の中よりもずっと薄暗かった。古い神社のようで、うろつき回りながら奥に向かって進んでいくと、境内の奥に大きな丸い石が祀《まつ》られているのを発見した。

ベルファストはそばにある立て札を読み上げた。

「願い石……。縁結《えんむす》びの神様ですか」

どうやら人気のスポットというのはこれが理由らしい。パンフレットを目にしていたのにそんな神社だとは露知《つゆし》らず、ふらふらと立ち寄ってしまったことを少しだけ後悔した。

「皆と合流したほうが良さそうですね」

引き返そうとして、ふと立ち止まる。

縁結びとはいっても、別に同性との仲を祈ってはいけないなどというルールはない。メイド隊のメイド長として、彼女たちとこれからも仲良く過ごしていくことを願うのは自然なことのような気がした。

ふと顔を上げると、今日は祭りということもあって社務所《しゃむしょ》がまだ開いている。立て札に書かれていた内容によれば社務所で授かった『叶《かな》い石』という巾着袋《きんちゃくぶくろ》の中の石とともに、願い石の前で祈れば願いが叶うとのこと。

早速ベルファストは社務所で叶い石を授かると、再び願い石の前にやってきてその場に屈んだ。

両手で叶い石をぎゅっと握りしめて、口の中で小さく呟きながら目を閉じる。

「これからも……メイド隊の皆とともに、ずっと、いつまでも長く仲良く過ごせますように」

それから、忘れてはならない人の顔も思い浮かんだ。

「陛下と――クイーン・エリザベス様とも、どうか良い関係でいられますように」

そこまで祈ると、さらに寮で暮らしている面々の顔まで思い浮かんできてしまった。

せっかくなのだしすべて祈ったほうがいいと思ったが、これ以上はさすがに縁結びの神様に欲深なやつだと思われてしまうのではないだろうか。

少しだけ考えてみる。

本当に少しだけだった。

「神様、申し訳ありません――」

叶い石を持ちながら、そっと両手を合わせて目を閉じる。

「――私はとっても欲深いのですよ」

そう断ってからベルファストは、頭の中で母港にいるすべての少女たちの名前をどんどんと挙げていった。神様の苦労など考えもせずに、欲の深さを隠しもしなかった。

全《すべ》ての名前を頭の中で言い終えてから、ベルファストは祈った。

――皆と、いつまでもいつまでもずっと……過ごしていきたいです。

どれくらいそうしていただろうか。

やがてベルファストは願い石のそばから離れると、手に持った巾着袋を眺めながら神社の石段のほうへと歩いていく。

「神様に嫌われてしまったかもしれませんね……ふふ」

ぱんぱんに願い事が詰まった石を大切に抱えながら、再び祭囃子の鳴る温泉街のほうに向かっていくと、不思議と晴れやかな気分で一足先に旅館へと戻ることにしたのだった。

＊＊＊

旅館の部屋に戻り、しばらく窓辺に座りながらぱたぱたとうちわを扇ぎ続けていると、入り口から物音が聞こえてベルファストは振り返った。

「お帰りなさ――」

戻って来た四人の姿を見て、言葉を途中で呑み込んでしまう。

「どうしたんですか一体」

ロドニーの手には金魚の入ったガラス製の鉢《はち》、レナウンの手には水風船がぶら下がっている。そこまでは別に不思議でもなんでもなかったが、さすがにレパルスはやり過ぎだった。手には収まり切らないほどの量で景品が山になっていた。

いくらお祭りを隅から隅まで堪能《たんのう》したとしても、し過ぎである。

「あ。あはは――……熱が入りすぎちゃって」

レパルスは苦笑いを浮かべる。

「こう、狙《ねら》って――ポン！　てな感じで。本気でやったらつい止まらなくなっちゃってさ……」

景品を畳の上に置くと、彼女はその場で構えて状況を再現してみせた。大仰《おおぎょう》に立ち回ってみせながら一部始終を語ったところによれば、なんでも片っ端から景品を取り切ってしまったとのこと。

「で？　どうすんのよこれ。言っとくけど全部は持って帰れないからね」

ネルソンも呆れたように置かれた景品を見つめている。ベルファストもまじまじとその景品を見てみると、中には家庭用の最新ゲーム機といったおよそ射的の弾では絶対に取れないものまであった。本気と言っていたが、どうやればこれほどの規格外なものまで取れてしまうのか。

「い、いやー。どうしようかな。返すのももったいないし」

レパルスは頭をかきながらも、本心では絶対に返したくなさそうに見えた。やれやれと思いながら、ベルファストは金魚鉢を持ったロドニーへと視線を滑らせる。

「ロドニーさん、その鉢はどこで？」

彼女の鉢の中では赤い金魚と黒い出目金《でめきん》が、元気よく泳いでいた。

「鉢は屋台にあった土産物《みやげもの》屋で買ったんです。そういえば『饅頭』は屋台だけでなく旅館でも働いているみたいですね」

言ってるそばから、入り口のドアががらりと開いて数羽の『饅頭』たちがやってきた。

両方の羽で持っているのは五人のために用意された豪勢なカイセキ料理で、それらをてきぱきとテーブルに並べていく姿を見ながらネルソンは厳《きび》しくレパルスに告げる。

「ちょうどいい機会だし、このままこの鳥たちに景品を返したら？」

レパルスはうっと短く声をあげて、未練がましそうに景品を見つめる。

「ほ、本当に返さないとダメかなぁ？」

「せめて一個だけにしなさい」

「うぅ……せっかく取ったのに」

レパルスは涙目になりながら惜《お》しそうに景品を『饅頭』に渡した。一度に受け取り切れないかと思ったが、『饅頭』は山のような景品をすべて抱えると、なぜか小銭を落として出て行った。

さすがにゲーム機はかさばって持って帰れないと思ったのか、レパルスが残したのはお酒の一升瓶《いっしょうびん》だけ。

「こ、これならここで呑めるしいいかなーって」

「まぁそうね。それでいいわ」

そう言ってカイセキ料理の置かれた卓を見ると、ネルソンは途端《とたん》に笑顔になった。

新鮮な魚介類《ぎょかいるい》と旬《しゅん》の野菜に加えて、ふたのついた小さな鍋《なべ》もある卓の料理は、眺めているだけでも涎《よだれ》が出そうなほど美味しそうだ。

「ずっと待ってたのよ。温泉もいいけど、やっぱり本来の目的はこれだしね！」

早速とばかりに彼女が席に着くと、残りの皆も同じように座って箸を取る。おそば屋さんでベルファストから説明してもらったように、全員ちゃんと正しい持ち方で箸を構えると、

「じゃあ、いただきましょ！」

というネルソンの言葉とともに、それぞれ料理に手を付け始めたのだった。

刺身《さしみ》におひたしにお吸い物と、夏らしい献立《こんだて》で取り揃《そろ》えられた料理はどれも言葉にならないほど美味であった。生ものに関しては、普段から和食をあまり口にしない彼女たちにとっては慣れない料理だったけれども、それでも覚悟を決めて口にすれば案外いけるということがわかってあっという間に平らげてしまった。

そうしていよいよメインの鍋に移ろうとした時、

「お鍋の蠟《ろう》に火を点《つ》けるライターはないのかしら？」

とネルソンが辺りを見回した。そんな彼女を見てロドニーも机の下を探してみると、今の今まですっかり忘れ去られていた一升瓶を発見する。

「そう言えばこの瓶のこと、すっかり忘れてましたね」

ロドニーは瓶を回しながらラベルに書いてあるものを読み上げた。

「えっと……日本酒だそうですけど」

「え？　ワインか何かだと思ってた」

レパルスは残念そうに声をあげると、隣にいたベルファストも横から瓶のラベルを覗き込んでみる。その間にライターを見つけたネルソンは、皆の鍋の蠟に火を点けて回っていく。

「私はアジアのお酒ならいくつか存じておりますが、これは初めてです」

他の者を見回してみるが、どうやら知っている者は誰もいないようだった。

「呑んでみましょうか」

レパルスの隣に座っていたレナウンが、さっそくお盆に置かれた全員分のコップを配って回った。

「どんな味がするんでしょうね」

少し不安げな表情でロドニーが一升瓶を手にする。

ぽんっと軽い音がして栓《せん》が抜けると、彼女はそれぞれのコップにお酒を注いでいく。

「これくらいの少量であれば、もしお口に合わなくても大丈夫かなって」

小さなコップに半分も入れないで注ぎ終えると、ちょうど火で温められた鍋がコトコトとふたを押し始めた。

「鍋も火が通ったようですので、このままどちらも召し上がりましょう」

ベルファストの言葉に従って、皆が鍋をつつきながら日本酒を口にする。

「なんだか……独特の味わいだね」

そう言いながらレパルスは自ら一升瓶を手にして、なみなみと注いだコップの中の酒を豪快にぐいっとあおってみせる。

「うん。意外と悪くないかも。っていうか、少しフルーティな味わいがある気がする」

原材料を見ても果物の名前は書かれていないが、ベルファストも口にしながらまったく同じような感想を抱いていた。飲みやすくそれでいて飽《あ》きない、豊かな香りと深い味わいのお酒だと思った。

いつの間にか一升瓶はテーブルの真ん中に置かれていた。それぞれコップを傾けては、空《から》になった中に酒を注いでいく。

「なんだか……すごくいい気分になってきた」

レパルスは赤い顔をしながらずっとニコニコと笑っていた。明らかに酔っぱらっているのが丸わかりで、それでも酒を注ぐのをやめようとはしない。

隣にいたレナウンは顔こそ赤くはなっていないものの、瞼《まぶた》が重くなってしまったのかうつらうつらとしている。

「すみません。なんだかすごく眠くなってきました。私は……ちょっと横になります」

食事はきちんと食べ終えてからレナウンは箸を置くと、ふらふら立ち上がって押入れの中の布団を取り出そうとした。

「あ、危ないからロドニーも手伝います！」

慌てて立ち上がったロドニーはレナウンの布団を敷いてあげると、彼女はあっという間に寝息を立てて眠ってしまった。

ロドニーはそのまま全員分の布団を敷いてから戻ってくると、座椅子に座りながら再び自分のコップにお酒を注いでいった。

「布団が敷いてあれば、もし酔いつぶれてもすぐに眠れますもんね」

がぶがぶお酒を呑みながら、平然とした口調で彼女は告げる。

「あれぇ～？　ロドニーあんまり酔ってないみたいだけどぉ～？」

対するレパルスはすっかりべろんべろんの状態だった。

上機嫌にけらけら笑いながらコップを持ち上げて、ベルファストのほうを見る。

「なんだなんだぁ。皆お酒強すぎなんじゃないかぁ～？　ベルはどうなのさ？」

ベルファストは静かにコップをテーブルに置く。

「そうでもありませんね」

と、いつも通りのはっきりとした口調で、少しも酔っているように見えなかった。

「え～っ！　まさか酔っぱらったのは、私と姉さんだけぇ？」

悔しそうに言いながらもやはり気分は心地良いようで、レパルスはそのままニコニコと笑いながらネルソンのほうを見た。

「ネルソンはどうなのさ～？　酔ってるぅ？　楽しんじゃってるぅ？」

ネルソンは鍋をちょうど食べ終わって、コップに残った酒を口にしているところだった。

ロドニーもその様子をしばし見守っていると、やがて彼女はテーブルの上にコップを静かに置いた。

「……私って、冷たいのかな？」

「へ？」

コップから手を離さぬままネルソンは俯いていた。

レパルスが素《す》っ頓狂《とんきょう》な声をあげる。

「なんかね……時々自分でも冷たいことを言ってるっていう自覚があるの。本心ではもっと正直な気持ちで言わなきゃって思ってるんだけど……どうしても素直になれなくって」

コップを持った手を小刻《こきざ》みに震わせる。

カタカタとテーブルに音が鳴り響いて皆が言葉を失っている中、突然ネルソンはしくしくと泣き始めた。

「私って……冷たいのかなぁ？　……ぐす」

顔を上げれば涙でボロボロのぐしゃぐしゃ。

おまけに言動はいきなりの相談系。

ネルソンが泣き上戸《じょうご》だったとは知らず、皆はただただ唖然《あぜん》とするだけ。

「ねぇ教えてよ……ぐす。私ダメな子かな……？　こんなんじゃきっと……嫌われちゃうかな……ぐす……私、出撃や委託も……最近ずっとご無沙汰《ぶさた》だから、きっと……うぅ」

鼻をすする音。

話の様子からして、相手はおそらく指揮官のことだろう。

どう声をかけていいものかわからず、ロドニーとレパルスが困り顔で腕を組んでいると、

「――問題ありません」

ベルファストが、突如《とつじょ》そう言ってネルソンの隣へと座った。

「言葉で気持ちを伝えられないのであれば、行動に起こすといいのですよ」

そして彼女は酒の入ったコップをくいっとあおると、身体をぴたりと密着させるようにくっつけた。

さすがに泣き上戸になっていたネルソンも驚いて、身をのけ反らせながら慌て始めた。

「べ、ベル……ちょっと、身体が近い……」

ベルファストは構わず彼女の顎《あご》にそっと触れる。そして顎を人差し指でつーっとなぞるようにしながら、

「こうするんですよ」

と口にして小悪魔っぽく微笑した。

その一連の様子を見ながら、レパルスはすっかり酔いが覚めてしまった。

「あ。あのさ、ロドニー……まさかとは思うんだけど」

「は、はい。今ちょうど同じことを思っていました……」

互いに顔を見合わせる。

いつもと変わらぬ様子だったから、二人はてっきりベルファストが酔っていないとばかり思っていたが、どうやら彼女はこの場の誰よりも酩酊《めいてい》しているようだった。

「や、やめてベルファスト……」

いつの間にか彼女のペースに巻き込まれてしまったネルソンは、腰もろくに上げられないまま座椅子から離れて後ずさりしていった。どうにか離れようと窓の近くまで行くが、ベルファストは四つん這いの姿勢のままゆっくりと迫ってくる。

「あ……」

その瞬間、はらりと彼女の浴衣がはだけてしまった。

ベルファストの鎖骨《さこつ》から右の肩口までその白くて柔らかい肌が思いきり露《あらわ》になった。

どうやら本人も気がつかぬうちに帯が緩んでいたらしい。

傍観者であったレパルスとロドニーも、思わず固まってしまう。

「ふふ……ネルソンさん。困ったお顔もなかなかに素敵《すてき》ですよ？」

「や、やめて……こないで……きゃっ！」

動揺するネルソンの腕に自らの腕を絡《から》ませると、ベルファストは胸を押しつけながら耳元でささやいた。

「どうして逃げるのですか？　私はただ、ご主人様への接し方を教えているだけです。行動で気持ちを表すにはどうすればいいのかを――」

「ちょ、えっ……！」

もつれて絡まり合って、酔いとは別の理由でネルソンが顔を真っ赤にしていく。

はぁはぁと興奮して、呼吸が激しく乱れてしまう。

あまりに艶《なま》めかしいその光景に、レパルスとロドニーも心臓をばくばくさせながら思わず両手で顔を覆《おお》った。しかしそれでも、指の隙間から二人の様子をじっくりと見てしまう。

ネルソンはベルファストのはだけた胸に顔を埋めながら、彼女の左の乳房に視線が行ってしまう。顔はぐらぐらと沸騰《ふっとう》しそうなほど熱くなっていく。

それ以上はもう限界のようだった。

ネルソンは着崩《きくず》れてしまった浴衣を直そうともせずに、その場でくたんと意識を失った。

「あら、眠ってしまいましたか……」

少しだけ残念そうにして、ベルファストは次の標的を狙うようにくるりと振り返る。

「ひっ！」

「ちょっ！」

ロドニーとレパルスが、慌てて立ち上がる。

「どうしたんですか……？　お二人ともそんな怖い顔をして」

「い、いやなんでもないんだ」

ベルファストの問いにレパルスは必死に手を振って答える。

「も、もう寝ようよ？　二人とも寝ちゃったし、お開きってことでさ」

「いいえ。まだお二人には教えていませんよね？」

ふらりと身体を左右に揺らしながら、ベルファストはゆっくりと近づいてくる。

「も、もうネルソンのを見て十分にわかったから！」

「ご遠慮なさらずに、さぁ――」

ベルファストが一歩踏み出すごとに、二人は一歩後ずさる。

だがその繰り返しも長くは続かなかった。壁際まで追い込まれてしまったレパルスとロドニーは、これ以上の逃げ場を失って戦慄《せんりつ》する。

「お二人にも教えて差し上げますよ」

ゆっくりとベルファストの手が伸びてくると、二人は涙目になりながら全力で叫んだ。

「いやーっ！」

＊＊＊

翌朝。

「――起きてください。もう朝ですよ」

レナウンの声がして瞼を開けると、ベルファストは窓から差し込んだ光で目が眩《くら》んでしまった。

ズキズキする頭を押さえながら、ゆっくりと身体を起こした。

「昨夜は一体何があったのですか？　先に眠ってしまったのでよくわからないのですが、部屋の中がひどいことになっています」

その言葉とともに、ベルファストははっとなって辺りを見回した。

見ればネルソンもロドニーもレパルスも、ほとんど半裸《はんら》といってもいいほどの乱れっぷりで気絶するように横たわっている。丁寧に敷かれていたはずの布団は、片付けようにも方々に散らかっていてどこから手をつけていいのやらまったくわからない有様《ありさま》であった。

徐々《じょじょ》に頭の中がはっきりしてくると、ベルファストは昨夜の醜態《しゅうたい》を思い出して顔を覆った。

「なんでも……ありません」

すっと立ち上がると、今すぐにでもこの場から離れたくなった。

「そういえば……お土産を買い忘れていたので……いってきます」

レナウンの呼びかけも無視して部屋を出ると、ベルファストは自分の顔が物凄《ものすご》く熱くなっていることに気づいたのだった。


その後ようやくネルソンたちも目を覚ましたのだが、昨夜のことを尋ねるレナウンの言葉には一切、誰一人として答えることはなかった。

「どうして隠すのですか？　途中で眠ってしまった私も悪いですが……でもさすがにあの様子は異常でした。気になるので教えてください」

旅館を出ても、汽車に乗り込んでも誰も何も言わない。

やがて母港近くの駅に着くと、誰が言い出すでもなくその場で解散となった。

ベルファストは一人早足で寮へと戻っていく。

「日本酒とは……本当に恐ろしいお酒です……」

休日を楽しもうと思うあまり、つい油断をして飲み過ぎてしまった。

もし再び目にした時は、もっと気をつけて飲むことを固く胸に誓《ちか》っていると、遠くから声が聞こえてきた。

「おーい、ベルーっ！」

顔を上げると、母港の門の前にエディンバラとエリザベスの姿が見える。

「お団子買って来たわよねーっ！」

エリザベスの言葉に、ベルファストはぷっと吹き出した。

「陛下は、それればっかりですね」

初めての一泊二日の夏休み。

慣れないことばかりだったが、いつもとは違った非日常を存分《ぞんぶん》に過ごせたと思い、ベルファストは二人に笑顔で手を振った。

「ただいま、帰ってまいりました」

第四章

『イヴニング・スター』

秋分《しゅうぶん》を過ぎる頃になると、夕方から朝方にかけての涼《すず》しさが増してきたのを実感する。夏の空にあったはずの入道雲はうろこ雲に変化し、母港にも本格的な秋の気配がやってきた。

そんなある日のことである。

現在、ロイヤル寮の一階にある大広間では寮内で暮らす少女たちが集められていた。端から端へと伸びる大きな長机に並べられた椅子《いす》に座っていくと、どの子も賑《にぎ》やかしくお喋《しゃべ》りに華《はな》を咲かせる。

これからここで、ロイヤル寮全体での会議が行われようとしていた。

にもかかわらず、ちっとも堅苦しい空気がない。

「皆、すごい盛り上がってるね」

エディンバラが全員のお茶を用意してベルファストのところに戻ってくる。

この日もメイド隊の面々は、普段通りの給仕《きゅうじ》をこなしていた。

「仕方ありませんよ、今日は学園祭についての会議なのですから」

ベルファストは静かに姉に向かってそう告げた。

学園祭——それは年に一度、この母港内で行われる盛大なお祭りであった。各陣営の少女たちがそれぞれに出し物や企画《きかく》展示などを行い、この日だけは訓練や委託《いたく》における軍事行動の一切から解放される。

お茶を用意して戻ってきた他のメイドたちに「ご苦労様です」と労《ねぎら》いの言葉をかけると、べルファストは来たるお祭りの日を待ちわびる少女たちの笑顔をぐるりと見渡して呟《つぶや》いた。

「ましてミスコンの出場者を決める会議となれば、これだけ楽しそうに騒ぐのも当然ですよ」

ミスコンとは、学園祭のラストに行われる一大ステージイベントのことだ。

毎年各陣営の中から代表者を一名選出し、ステージ上でパフォーマンスを行なった後に、女の子たち全員からの投票によって優勝者が決定される。

投票の理由はなんでもいい。「可愛《かわい》かった」でも「格好《かっこう》良かった」でも「面白《おもしろ》かった」でも、とにかくその時のパフォーマンスの中で、一番印象に強く残った者を投票するというルールであった。

最終的に選ばれた優勝者は、指揮官から直々《じきじき》に表彰状《ひょうしょうじょう》とトロフィーを授与される。

それはこの学園で暮らす少女にとって、何物にも代えがたい特別勲章《くんしょう》のようなものであった。

各陣営は自分のところから優勝者を出すために、毎年出場者を誰にするのかで頭を悩ませていた。

実際のところ、優勝者が出た陣営そのものに何か特別な報酬《ほうしゅう》があるわけではないのだが、『今年のミスコン一位を出した陣営』という肩書きは残る。

この肩書きは一年を通してずっと語り継がれるものなので、各陣営はともに白熱した議論を交わして代表者を厳選する。

そうして選ばれた者はミスコンで使う衣装や舞台道具などに関して、様々な厚いバックアップを自《みずか》らの陣営から受けられるのだった。

「──みんな、集まったわね！」

賑やかな大広間にクイーン・エリザベスの声が響くと、ロイヤル陣営に属する少女たちが一《いっ》斉《せい》に彼女のほうを振り向いた。

エリザベスは大広間の一番奥、廊下側に続く扉からもっとも離れたところで腕組みしながら立っていた。

彼女の隣には、ウォースパイト、フッド、プリンス・オブ・ウェールズがいる。

「今日集まってもらったのはもちろんミスコンの代表者についてよ。毎年このミスコンには他の陣営もかなり考えて選出してるわ。でも今年こそはロイヤルから優勝者を出して、もっとも可愛い女の子がたっくさんいる陣営だってことを、この母港中に知らしめてやろうじゃない！」

マイクを手にした彼女の言葉に大広間がわっと沸き立つ。

「じゃあウェールズ。後はよろしく頼むわ」

「お任せください」

エリザベスが後ろに下がると、代わってプリンス・オブ・ウェールズがマイクを握りしめた。

「ということで、このロイヤル寮でもミスコンの代表者を決めようと思う。様々な意見もあるだろうが、今年の学園祭はこれまでよりも一層強い意気込みをもって臨《のぞ》みたい」

溢《あふ》れんばかりの大きな拍手《はくしゅ》が大広間全体に広がった。

ウェールズは興奮《こうふん》している大勢を手で制しながら説明を続けていく。

「私も今年こそは全力で優勝者を出そうと思っている。他陣営の者たちにも決して負けないと思えるような、そんな人物をな」

話をしながらウェールズはちらりとフッドのほうを見た。

あらかじめ準備をしていたらしい大刷《おおず》りの写真を一枚手にしたフッドは、それをゆっくりと持ちあげる。

写真はかなり大きなもので、彼女たちがいる場所から最も離れた場所に立っているベルファストにも、はっきりとそれが誰なのかわかるほどだった。

ピンク色の髪をした童顔《どうがん》の女の子——ユニオン陣営にいる航空母艦《こうくうぼかん》のサラトガであった。

「皆もご存じのように、ミスコンの優勝者はいつもこの子の独壇場《どくだんじょう》だ。アイドルとして桁違《けたちが》いの才能を持つ彼女に対抗するには、もうこれまでのように可愛さだけで勝負してはダメだ。もっと他の部分で強く押し出せるような『売り』が、ロイヤル陣営の出場者には必要なのだ」

ウェールズの言葉を聞きながら、ベルファストはぼんやりこれまでのミスコンを思い返していた。

実はこれまでミスコンの歴代優勝者は、このサラトガと姉であるレキシントンがほぼ独占している。

ユニオンが誇るアイドル姉妹に、他陣営はいつも忸怩《じくじ》たる思いを胸に抱えていたのだった。

彼女たちのステージ上でのパフォーマンスは常《つね》に圧倒的であった。歌とダンスで観《み》ている者たちをあっという間に虜《とりこ》にしてしまうその手腕は見事と言うよりほかない。

彼女らのパフォーマンスの質の高さに翻弄《ほんろう》されてしまった他陣営は、これまでずっと同じようなアイドルっぽい振る舞いができそうな子を何度も選出していた。

だがどの陣営から選出された子も、彼女たちほどの歌とダンスを披露《ひろう》することはできなかったのだ。

ウェールズの言わんとすることはつまり、同じ土俵《どひょう》で勝負するのではなく、何かもっと別のところで魅力的なものを強く押し出そうということなのだろう。

ベルファストがゆっくりと顔を上げると、ちょうど横に立っていたサフォークがぼそりと呟いた。

「一体何を『売り』にするつもりですかね～。メイド長は気になりませんか？」

「どうでしょうね」

ベルファストは口元に緩《ゆる》い笑みを浮かべて、そんな曖昧《あいまい》な返事をした。

正直ベルファストは、ミスコンにあまり興味を持っていなかった。

所詮《しょせん》、学園祭といってもメイド隊である彼女たちの仕事はいつも通りであった。軍事行動はなくても掃除や洗濯は毎日こなさなければならず、普段通りの日常とそれほど変わるわけではない。

もちろん少しの空《あ》いた時間にミスコンを覗《のぞ》きに行くことはあっても、誰が、どの陣営の子が、優勝するかなんて考えたこともなかったのだった。

「どの陣営も一枚岩じゃないですからね～。同じ陣営の子を必ず投票しなければならないってルールじゃないので。この『売り』によっては、最近のアイドル路線に飽《あ》きた子たちの心をぐっと摑《つか》んじゃうかもしれません。う～楽しみですぅ」

いつになく饒舌《じょうぜつ》にサフォークの舌《した》が回る。そんな彼女を見てベルファストは素直に驚いてしまった。

これまでは一大イベントだとわかっていてもほとんど関《かか》わることがないままだった。

そのせいでベルファストはミスコンのことをどこか遠い場所で行なわれる話のように感じていたのだった。

――もしかすると、他の子たちもそうなのでしょうか？

ちらりと横目で他のメイドの様子を窺《うかが》うと、ちょうど同じメイド隊のケントが瞳《ひとみ》をキラキラさせてウェールズたちを眺《なが》めている姿を目撃した。

シェフィールドだけがいつも通りの無表情であったが、どうやらメイド隊の中でも何人かはこのミスコンに興味を持っているらしい。

フッドが静かに写真を持って後ろに下がっていく。

入れ替わるようにウェールズが再び前に出てくると、彼女は集まった皆の顔をゆっくり見回した。

「私たちロイヤルネイビーの魅力とは――一体なんであろうか？」

ざわざわと隣同士で囁《ささや》き合う声が響く。

誰からも声が上がらないとわかるや、ウェールズは自らその答えを口にした。

「それは、キュートさよりもエレガント。淑女《しゆくじよ》として決して恥《は》じることのない『美』や『気品』だ。今年のロイヤル寮はこの『美』と『気品』を強くアピールできる者を選出したいと思う！」

かなり熱の入った弁であった。

思わず、大広間はしんと静まり返る。

「ミスコンは可愛さだけが決して必勝法ではないはずだ。可憐《かれん》で美しく、気品に溢れた淑女という面を何よりも強く打ち出していきたい――そこで今回はこういったものを用意させてもらった」

そこでウェールズがぱちんっと指を打ち鳴らす。

何事かと皆がざわつく中、ベルファストの視界の端で何者かが動き出した。

見ればイラストリアスが、カバーのかかった何かをガラガラと引きながらウェールズのいる場所までやってくる。後ろにはもう一人――軽空母《けいくうぼ》のユニコーンの姿もあった。

その何かをウェールズの前で止めると、イラストリアスはユニコーンとともに「せーの」で一気にカバーを取り払った。

その瞬間、広間にいた一同から感嘆《かんたん》の吐息《といき》が漏《も》れる。

カバーをかけられていたものは、まるでおとぎ話に出てくるお姫様が着るような豪華《ごうか》なドレスであった。マネキンに着せたそのドレスを見ながら、イラストリアスは皆に向かって説明を始める。

「このドレスは私が全体的なイメージを考案し、ユニコーンとヴィクトリアスの手によって作り上げたものです。長いスカート部分の赤、黄、緑といった造花の部分はこの子のアイデアで、他にも頭にはこのようなベールをつけて、上品ながらも美しさを際立たせようと……とにかく様々な工夫を凝《こ》らした一品ですわ」

そこまで言ってから、イラストリアスはユニコーンにマイクを渡した。

あなたも何か言いなさい、ということだろう。

ユニコーンはおずおずとマイクを手にして前に出ると、肌身《はだみ》離さず持ち歩いているユーちゃんを抱きしめながら赤い顔でぺこりとお辞儀《じぎ》をした。

「……あ。あの、このドレスは……シンデレラや眠れる森の美女みたいに……ユニコーンが憧《あこが》れるお姫様のようなものにしたいって、そうお姉ちゃんに言って作ったものなの……。だから……きっとステージではだれよりも……一番きらきらすると……思う」

再びお辞儀をしてから、そそくさとイラストリアスの後ろに隠れてしまう。そんなユニコーンを見ていたウォースパイトが、ふと何か思いついたように手を挙げる。

ユニコーンからマイクをもらうと、ウォースパイトは実にもっともな疑問をぶつけた。

「二人がいるのはわかったが……当のヴィクトリアスはどこにいるんだ?」

その言葉で、大広間の全員が彼女の姿を捜すようにきょろきょろと見回し始めた。

どこにもいないことがわかると、エリザベスはウォースパイトからマイクを受け取って叫んだ。

「ちょっと! もしかして遅刻してるんじゃないでしょうねっ⁉ 今日はみんなで集まって会議するって事前に伝えてたはずなのに!」

ぷぅーっと頰《ほお》を膨《ふく》らませた、まさにその時だった。

「——ごめんなさーい。遅れちゃって」

突然、イラストリアスの姉妹艦であるヴィクトリアスが入り口の扉をゆっくりと開けて入ってきた。ぺろっと舌を出しながら歩くその姿は、ちっとも申し訳なさそうには見えない。

「こら、ヴィクトリアス! よく見たら遅刻してるのはアンタだけじゃないの! せっかくあなたたちが作った最高のドレスを紹介してるって時に——」

「待って待って、陛下《へいか》。遅れたのには理由があって——実は耳よりな情報を持ってきたの」

「……耳よりな情報? なによそれ」

エリザベスのもとまでやってくると、オリーブの冠をしたヴィクトリアスはくるりと皆に振り返った。

「みんなー。今回のミスコンで、ユニオン陣営はサンディエゴちゃんを選出したそうよー」

「なっ⁉」

思わず声をあげたのはエリザベスだけではない。

大広間にいた全員が驚きを隠せず、瞬《また》く間に動揺が広がっていく。

「その情報は確かなの？」

訝《いぶか》しむエリザベスに対し、ヴィクトリアスはこくこくと頷《うなず》く。

「本当ですよ。このことはとっくに他陣営の間でも噂《うわさ》になってますよ。……ってことで、遅れてきたのはこっそりと偵察《ていさつ》をしてたっていう理由でここはひとつ」

「本当かどうか怪《あや》しいけど……、まぁいいわ。遅刻のバツはなし」

エリザベスは腕を組みながらそう告げると、再び騒ぎ始めている広間の者たちに言った。

「はいはい、静かにしなさい！　まさかサラトガでもレキシントンでもないなんて思わなかったわ。今年もユニオンは手堅《てがた》くあの二人のどちらかを出してくるかと思っていたけど……」

そこまで言うと、彼女は頭をかきながらウォースパイトを振り返る。

「どうしようかしらね。もちろんさっき言ったように、こちらは当初の予定通りアイドル路線とは別の方向で決めていこうとは思っているんだけど」

「陛下。私が思うにユニオンがこのような意外な人選で狙《ねら》ってきた以上、こちらもただ『美』や『気品』というテーマだけでなく、予想のつかないような者を選出すべきではないかと」

「そうねぇ……」

顎《あご》に手を置いて悩み始めるエリザベス。

彼女だけでなく、フッドもウェールズもウォースパイトも唸《うな》り声をあげる。

悩んでいる表情はそのままそっくり大広間にいる全員にも伝わって、少女たちは互いに隣同士を見ながら首を捻《ひね》っている。

そんな中、サフォークのさらに隣にいたケントがぼそりと呟く。

「Ｏｈ……この様子だと、会議はかなり長引きそうだね」

それを聞いて一番隅《すみ》に立っていたシェフィールドも、無言で溜息《ためいき》を吐いた。

一刻も早く通常の掃除仕事に戻りたいと、何も言わなくてもその表情が告げていた。

ベルファストも時計をちらりと見て、会議がどれだけ長引くかを予想しながらこれからの仕事の時間配分を計算し始める。

まだ夕食の支度《したく》まで一時間以上もの猶予《ゆうよ》が残されていた。それまでに会議が終われば他に残っている仕事もあまり急がなくて良さそうだが、それ以上になるとちょっと厳《きび》しい。

「ねぇベル」

とその時、隣にいたエディンバラがふと思いついたように顔を上げた。

「私、一応皆におかわり用の紅茶も作ってこようかと思うの。このままいつまでも決まらないようだと、喉《のど》が渇《かわ》いちゃうでしょ」

確かに、いつ終わるともしれない会議である。

ベルファストは姉にゆっくりと頷いた。

「そうですね。姉さん一人だと大変でしょうから、私も行きましょう」

二人はそのままこっそりと大広間の出入り口へと向かっていく。

扉はヴィクトリアスがやって来た時のままで半開きになっており、ベルファストがそっと取っ手に手をかけたその瞬間、

「──ちょっと、ベルもエディも。二人で勝手にどこに行くつもり?」

背中からそんなエリザベスの声がかかった。

ベルファストは取っ手を離して、彼女を振り返る。

「まだ時間がかかると思ったので、皆さまの紅茶のおかわりを作りに行こうとしたのですが」

正直に答えると、エリザベスは首を大きく横にふった。

「ダーメ。おかわりなんて作らなくていいから、ここにいなさい。まるで他人事《ひとごと》のようにしてるけど、あなたたちメイド隊だって一応ミスコンの候補者なんだからね」

「ですが──」

「ダメったらダメ。戻りなさい」

強い語調ではなかったが、ここまで言われてしまっては抵抗するわけにもいかない。

ベルファストは、姉を引き連れて先ほどまでいた場所へ戻ろうとした。

「――ベル。やっぱり待った。そこでストップよ」

またしてもエリザベスから声がかかって、きょとんとしながらベルファストは立ち止まる。

エリザベスはなぜかじぃーっとこちらを見つめている。一体どうしたのだろうかと立ち尽くしていると、突然彼女は思いもよらないことを口走った。

「ちょっと、そこで私にカーテシーを見せてみなさい」

「……はい？」

いきなり過ぎて、ベルファストは思わず聞き返してしまう。

「カーテシーよカーテシー。いつもやってるじゃないの」

カーテシーとはお辞儀のことだ。片足を後ろに引いて、もう片方の膝《ひざ》を曲げながら両手でスカートの裾《すそ》をつまんで頭を下げる。

言われた通りに、ベルファストはその場でカーテシーをしてみせた。

スカートの裾をつまみながら、腰と膝を折り曲げ、ゆっくりと丁寧《ていねい》に頭を下げる。

特に何かを意識したわけでもなく、まったくいつも通りのお辞儀であった。

「これで……よろしいのでしょうか？」

わけもわからないままベルファストは姿勢を戻して尋《たず》ねる。

「ええ、いいわよ。すごくいい――」

エリザベスは口元を緩ませると、そのままくるりとウォースパイトやウェールズたちのほうへ振り返った。

「――ねぇ、思ったんだけどミスコンはベルファストに出てもらうのはどうかしら？」

一瞬彼女が何を言ったのか、ベルファストは理解できなかった。

「……なるほど。本来給仕を行なうはずのメイドがステージに出るとなると、意外性がありますす」

ウォースパイトは特に異論もなく頷く。

「彼女ならテーマの『気品』にも沿うことができそうですしね。さすがは陛下です」

ウェールズも感心したように手を打った。

「あの。その、ちょっと待ってください」

ようやく事態が呑《の》み込めてきて、ベルファストは話を遮《さえぎ》った。

「一体、皆さまは何をおっしゃっているんですか。私はメイドですよ？」

「もしかして、メイドが出てはいけないというルールでもあるのか？」

ウォースパイトが不思議そうに首を捻る。

「ないとは思いますけれど、学園祭当日はメイド長として普段の仕事をしなければなりません。第一このようなメイドがステージに出ても優勝だなんて」

ベルファストは、ちらりとドレスに目を向けた。

素晴らしく美しいドレスであった。これを着てステージに立つ自分の姿などまったく想像がつかない。何よりまず似合うはずがないと、本気でそう思いながらエリザベスたちに再び視線を戻した。

「そもそもアイドル性なんてものを私は持ち合わせておりませんし、かといって『美』や『気品』と言われましても、他にもっとふさわしい方がたくさんいらっしゃるはずです」

「それはつまり、私がベルを選んだのは見込み違いってこと？」

エリザベスがむっとした表情をすると、ベルファストは慌《あわ》てて手を振った。

「そうではありません。陛下のお気持ちはとても嬉《うれ》しいのですが、私は――」

ベルファストは思わずはっとした。

気づけば大広間にいる全員からの視線が、彼女に向かって突き刺さっていた。ミスコンの時は他陣営の観覧者《かんらんしゃ》もいるので、おそらくこれ以上の数になるはずである。

緊張する以前にこれだけの数の人から注目を受けることに慣れていないせいで、ベルファストは途端《とたん》に恥ずかしくなってしまった。

そんな彼女にエリザベスはなおも告げる。

「私はさっきのカーテシーを見て、本当にいいと思ったから推薦《すいせん》したのよ？」

そんなことを言われても――とベルファストは言葉に窮《きゅう》してしまう。

ずっとどこか遠い場所で行なわれている話のように思っていたミスコンが、どういう理由かあっという間に当事者となって目の前に立ちふさがる大問題となっている。ミスコンについて、こんな未《いま》だによくわかっていない者を本気で選出するつもりなのかと、内心ベルファストは慌てずにはいられなかった。

「――でしたら、いっそここで他の立候補者や推薦したい方を募《つの》りましょうか？」

フッドが思いついたように口を開くと、マイクを受け取って大広間にいる全員に声をかける。

「陛下からの推薦者はベルファストさんです。ですがもし他に推薦、もしくは立候補者がいましたら遠慮なくここで仰《おっしゃ》ってください。他に出たい方はいらっしゃいますか？」

ベルファストはほっと息を漏らした。

――熱意のある方が他にいらっしゃれば、陛下をうまく説得できるかもしれません。

そんな風に思っていたのもつかの間。

てっきり大勢が手を挙げると思いきや、誰一人として手を挙げない。

昨年のミスコンの会議では誰しもがこぞって手を挙げていたのに、なぜ今年は誰も名乗りあげようとしないのか。

そこではっとなって、ベルファストは豪華なドレスを振り返った。

――ドレス……まさか、このドレスのせいですか。

イラストリアスにユニコーン、そしてヴィクトリアスが作ったというこの衣装は遠くから見るだけでもきらきらと眩《まばゆ》く映ってみえる。

総力をあげて三人で作ったこの最高のドレスを着てステージに立つことに、まさかこの場の全員が引いてしまっているのではないか。

そうベルファストは思った。

——でも……それは、私だって同じです。

お姫様のような、というユニコーンの言葉は正しく的《まと》を射《い》ていた。

そのくらいこの世に二つとない、実に見事なドレスであった。

加えて今回は『美』と『気品』といった明確なテーマが打ち出されている。

これまで通りにアイドルということであれば、記念に出場といった軽い気持ちで立候補も推薦もあったのだろう。

ハードルが高すぎるのは、ベルファストだって当たり前のように思っていることだった。

「うぅ……」

初めてそんな情けない声をあげてしまった。

せっかくのエリザベスの推薦ということもあるし、もし仮に出るとしても必ず優勝できるという自信が欲しい。

ところがそうはっきりと言い切れるものなど何もなかった。

ウォースパイトもフッドもウェールズも、すごく真剣な表情でベルファストを見つめている。

大広間にいる誰もが、ベルファストの答えを待っていた。

先ほどのカーテシーは、本当に大したことではないと今も感じている。

視線を泳がせながらどう断ろうか必死で頭を巡《めぐ》らせていると、

「――ベル、大丈夫よ」

エリザベスがにっこり歯を見せてベルファストに笑いかけた。

「あなたは私が思う、このロイヤルが誇《ほこ》る最高のメイドなんだもの」

それは、ベルファストにとって王手と同義であった。

陛下直々のお褒《ほ》めの言葉に言い返す術《すべ》もなく、ベルファストはなし崩《くず》し的に今年のミスコン出場者として選ばれてしまったのだった。

なによりも、屈託《くったく》ないその笑顔はあまりに反則だった。

＊＊＊

「――びしっと断ればいいものを、お人好《ひとよ》しな方ですね」

会議が終わって、キッチンに戻ってくるなりシェフィールドがそう口を開いた。

「ちょ、ちょっとシェフィ……」

エディンバラがたしなめるように言うと、彼女はそれ以上何も言わずに掃除用具を持っていなくなる。ケントもサフォークも今は別の仕事で出払っており、キッチンにはベルファストとエディンバラの二人だけしかいなかった。

「まぁ陛下にあれだけ言われちゃね」

「ええ。それに、あの笑顔は本当にずるいです」

頬をかくエディンバラの隣で、ベルファストは大きく溜息を吐いた。

「とにかくやれるだけのことはやろうと思います。それより姉さんは、あのユニオンの方のことをどう思いますか？」

「誰のこと？」

「サンディエゴさんですよ。毎年優勝の二人を差し置いての登場、気になりませんか？」

「あぁ。うーん……確かにちょっと気にはなるけど」

エディンバラは人差し指を顎に当てながら天井を見つめる。

「でもよく歌っている姿を見かけるし、たぶんあの子もアイドル的なパフォーマンスをする子だと思うよ。ユニオンだって、みすみすこれまで築いてきた優勝の座を奪われる真似《まね》はしないと思うし」

「つまり、向こうはこれまで通りのアイドル路線なのですね」

「うん。手ごわい相手であることは間違いないかも」

そんなエディンバラの声とともに、突然こんこんとキッチンの扉が叩《たた》かれた。

「はい、どちら様でしょうか？」

ベルファストが扉に向かって声をかける。

だが、待っていても何も反応がなかった。

「誰でしょう……？」

エディンバラと一度顔を見合わせてから、ベルファストは扉に近づきゆっくりと取っ手を回した。

ぎぃっと金具が軋《きし》む音とともに扉を開くと、その人物は胸にぬいぐるみをぎゅっと抱きしめながら、俯《うつむ》いて立っていた。

「……ユニコーンちゃん？」

紫《むらさき》色の髪をした小さな少女は、上目遣《うわめづか》いでそっと窺《うかが》うようにベルファストを見つめる。何か言いたそうな表情だったが、なかなかすぐには言葉が出てこないようだった。

その場に屈《かが》みこみ同じ視線の高さになってから、ベルファストはふっと優しく笑いかけた。

「どうしたのですか？」

「……あの。ドレスのことで……ご相談があるの」

ステージで着る予定のあのドレスだろうと、ベルファストはすぐに気がつく。

「学園祭までに寸法を測《はか》って……ちゃんと仕立て直さなきゃいけないから……」

「なるほど。先ほどの会議では、皆に披露するための仮寸法だったのですね」

ベルファストが頷くと、彼女はユーちゃんと名付けているぬいぐるみから顔を離して言った。

「明日……お姉ちゃんの部屋に来てね。ベルファストがステージできらきらできるように……

ユニコーンも……頑張る……」

「ありがとうございます」

そっと頭を撫《な》でてあげると、細くてとても柔らかい髪からふわりといい匂《にお》いがした。ユニコーンは照《て》れくさそうにユーちゃんに顔を埋めると、小さくお辞儀をして扉からとてとてと離れていく。

ベルファストは、彼女の背中が見えなくなるまで見守ってから立ち上がった。

「あのドレスですが、正直なところ私にはうまく着こなせる自信がありません」

エディンバラは難しそうに眉《まゆ》を八の字にしながら腕を組む。

「え？　う、うーん……そう言われても。でも、皆はベルを見て『気品』さを感じ取ったんだから、いつも通りの自然な感じでいればいいんじゃないかな？」

「自然な感じ、ですか」

困ったように笑ってから扉を閉めると、ベルファストはキッチンのテーブルの前で両手をついた。

「自分ではわかりませんよ……自然な感じなんて」

学園祭まで、それほど多くの日があるわけではない。

ベルファストはしばらく押し黙って考えていたが、結局何をステージでやるべきか思いつかないまま、両手をテーブルから離して夕食の準備に取りかかった。

＊＊＊

決して軽い気持ちで引き受けたわけではなかった。

だが翌日になって、ベルファストはミスコンの出場者になったことを心から後悔したのだった。

「なんですかこれは……」

朝食が終わった後、ちょっとした用事があって学園の中央までやってくると、周囲の建物の壁にはびっしりと自分のポスターが貼《は》られていることに気づいた。

ポスターの写真は、よりにもよって以前、水着姿になった時のもの。

思わず全身がぷるぷると震えてしまう。ロイヤルはアイドル路線をやめたのではなかったのかと思っていると、突然後ろからぽんと肩を叩かれて振り返った。

「どうかしら？　先手必勝ってことで早速《さっそく》ポスターを作ってみたんだけど」

使われている写真を見てわかっていたが、やはりポスターはエリザベスの仕業《しわざ》であった。

隣には大量の水着ポスターを抱えたウォースパイトの姿もある。

「陛下……さすがにこれは――」

ベルファストが戸惑《とまど》いがちに口を開くと、ちょうど背後に重桜《じゅうおう》の雷《いかずち》と電《いなずま》がやってきた。

二人はともにポスターを見るなり興味深そうに顔を近づける。

「なるほど……ロイヤルからはベルファストが出るのね」

「でも、メイド服じゃなくて……なぜ水着？」

不思議そうに首を捻る二人の言葉を後ろで聞いて、ますます居心地《いごこち》が悪くなったベルファストは顔を伏せながら小声でエリザベスに懇願《こんがん》する。

「せ……せめて作るならもっと別の写真でポスターにしてください……っ」

「と言われても、ちゃんとした写真はこれしか持ってないわ」

「なら、また陛下に撮っていただきますので……どうかこのポスターはご容赦《ようしゃ》を……」

「はぁ、仕方ないわね。……ウォースパイト。もったいないけど剝《は》がしていきましょ」

言われた通りに、ウォースパイトは貼られたポスターを剝がしに踵《きびす》を返す。

その後ろ姿を見送ってから、エリザベスは再びベルファストを見た。

「他にも聞いた話じゃ重桜からは山城《やましろ》、鉄血《てっけつ》からはドイッチュラントがミスコンの出場者だそうよ。と言ってもあまり重要視する必要もないと思うけどね。山城なんて、ほとんどなし崩し的に選ばれたっていうじゃない」

まるでロイヤルはそうでなかったような口ぶりである。

こちらだってなし崩し的だったのではとベルファストが心の中で思っていると、

「だから目下のライバルはやっぱりサンディエゴね。ふふ、私たちはこれまでと違う路線で勝負するって知らないから楽しみね。今年こそロイヤルの底力を見せる時よ！」

エリザベスは誇らしげにそう言ってグッと握りこぶしを掲《かか》げた。

「それじゃねベル。あとで写真を撮りにいらっしゃいよ」

ウォースパイトが戻って来たのを見て、彼女はくるりと背を向ける。

とことこその場を去っていく姿を見つめてから、残されたベルファストは重苦しく溜息を吐いた。

「はぁ……」

まだ自分がステージでどうパフォーマンスするか何も決まっていない。ざっくり『美』と『気品』を表現しろと言われても、やり方に関してはほぼ投げっぱなしに近く、見通しは大変暗い。

エリザベスはとても自信ありげに言うが、ベルファスト自身はまだ少しも明確なビジョンが見出《みいだ》せていなかった。ユニオンどころか他陣営にすら圧倒されそうな予感さえし始めている。

「どうしましょうか……本当に」

その時、遠くからがやがやと騒ぎ声が聞こえてベルファストは顔を上げた。

見れば大きな錨《いかり》を模《も》した彫像のある噴水《ふんすい》のほうに、多くの人が集まっている。

気になって近くまでやってくると、ようやくその理由がわかった。

「――はぁーい、みんな！　今日は集まってくれてありがとーっ‼」

自前で用意したような小さなステージに立っているのは赤毛の少女だった。

集まって来た艦の子たちの前でも、その子はちっとも怖《お》じ気《け》づく様子を見せず堂々としていた。

「あれは――」

ベルファストも顔を見てすぐにそれが誰だかわかった。

今回初出場のユニオン代表――アトランタ級軽巡洋艦《けいじゅんようかん》の三番艦、サンディエゴであった。

めいっぱいの笑顔で挨拶《あいさつ》をするその姿は、小さなステージの上でも全力で輝いているように見える。

「えっへへー。実は今回ミスコンの候補者になったんだけど、せっかく選ばれたのに当日だけしかアピールできないなんてつまんないでしょ！　だから今日はここで私の歌をじゃんじゃん聴いて、みんなで一緒に笑顔になろう！」

一目見ただけで、ベルファストは理解した。

すでに彼女はアイドルとして自分がどう立ち振る舞えばいいかを完全に理解している。

未だに何をステージで表現するか迷っているベルファストとは大違いであった。

危機感を覚えている間もなく、マイクを持ったサンディエゴがぽちっとスピーカーのスイッチを押した。

「それじゃいっくよー！　まずは一曲目――」

その瞬間、キーンとスピーカーから物凄《ものすご》いボリュームでハウリング音が鳴り響いた。

ステージの前に集まっていた者たちが一斉に耳をふさぐほどの大音量で、ベルファストも耳を押さえながらその場に蹲《うずくま》った。

——こ、これは……。

びりびりと身体《からだ》に振動が伝わってくるほどの、凄《すさ》まじい轟音《ごうおん》であった。

前言撤回というほどではないにせよ、彼女も初めての出場者らしく盛大なドジをやらかしていた。

歌はかなり上手《うま》いほうで、もっと正しいボリュームで聴くことができればきっと素敵《すてき》な歌なのだろうと思ったが、

——さ、さすがにこの音量は……っ。

耐え難《がた》い音量にくらくらしながら、ベルファストはスピーカーに繋《つな》がっているケーブルを見つけた。

「ラ～ララ～ラ～ラ～♪　ラ～♪」

観客たちの苦しんでいる姿が見えないのか、サンディエゴは楽しそうにステージ上をくるくると回っていた。ベルファストはそんな彼女のもとまで少しずつにじり寄ると、ケーブルを全力で引っこ抜いた。

爆音で鳴り響いていた曲と声がたちまち途絶《とだ》えると、耳を押さえていた周囲の者たちがたま

らずその場にばたりと倒れ込む。

「ララ～♪　……ってあれ？」

演奏を失ったことに気づいて、我に返ったようにサンディエゴが手に持ったマイクを下ろす。そしてベルファストが持っているケーブルに目が留まると、ぴょんとステージを飛び降りて近づいてくる。

「ちょっと！　なんで勝手にスピーカーの線を抜いてるの？」

詰め寄るサンディエゴに対し、ベルファストは静かに答えた。

「さすがにあの音量では、聴いている方の鼓膜《こまく》が破れてしまいます」

「え？　そうなの？」

サンディエゴは平然としながら答える。

むしろよくあれだけの大音量の後でも平気でいられるものだと変な感心をしながら、ベルファストはなおもサンディエゴに言った。

「せめてもう少し、音量を小さくしては」

「それじゃ母港中に声が届かないじゃない！」

「ですから、それでは近くで聴いている方の耳に悪いと」

そこで、ようやく相手が誰だか気づいたようで、サンディエゴははっとした表情を見せた。

「……ごめん。……って！　さっきそこでポスターを見たわ。あなたが今年のロイヤルの代表ね？」

納得したように腕を組みながら、サンディエゴはうんうんと頷き始める。

「悪いけど今年は絶対に私が優勝するんだから！　こんな邪魔したって負けないんだからね！」

ふんっと鼻を鳴らしてケーブルを取り上げると、そのまま彼女はステージの撤収《てっしゅう》作業に入る。ベルファストがきょとんとしているうちにさっさと片づけを終えてしまうと、

「いーだっ！」

と口角《こうかく》を引っ張り歯を見せながら、サンディエゴはその場を去っていってしまった。

「はぁ……」

またしてもベルファストの口から溜息が漏れ出てしまった。

致し方ないとはいえ勝手にケーブルを引っこ抜いてしまったことで、彼女の機嫌を大きく損《そこ》ねてしまったらしい。もう少し友好的に話をするつもりだったのに、うまくいかないものだと思いながらベルファストはサンディエゴの歌声を思い出す。

「勝てるでしょうか……あの方に」

メイド長として他のメイドたちの指導を担う責任は当然のように持ち合わせていても、ロイヤルの皆からの期待を背負うというのは初めてだった。

これまでに経験したことのないプレッシャーに肩を落としながら、ベルファストはその場を後にした。

＊＊＊

午後になってベルファストがロイヤル寮の三階にやってくると、その中のドアの一つをこんこんとノックした。

「――あら。待っていましたわ」

扉を開けたのは、イラストリアスであった。

さっそく彼女はベルファストを部屋に通すと、奥に置かれたドレスのもとへと案内する。

ドレスの前にはユニコーンとヴィクトリアスも待っていた。

「今日も三人で揃《そろ》っていらっしゃるのですね」

ベルファストが不思議そうに声をあげると、イラストリアスはくすりと笑った。

「互いの持ち味を出しながら作ったドレスなので、最終的な手直しも三人で一緒にやろうと決めていたんです。だから寸法を測る時も三人でいようという話で」

彼女の話を聞いて、ユニコーンもこくんと小さく頷く。

「じゃ……じゃあ寸法を測るね……？」

しゅるっとメジャーを引っ張ったユニコーンの指示に従って、ベルファストはゆっくりと手を上げた。

「お願いします」

そうしてメジャーを巻きつけながら、ユニコーンはベルファストの身体のサイズを順番に調べていった。背丈《せたけ》の関係で届かないところは他の二人に手伝ってもらって、ぴったりのサイズのドレスにするべく丹念《たんねん》に胸囲や腰回りに至《いた》るまでしっかりと測っていく。

数分ほどで寸法をすべて測り終えると、ベルファストは再びドレスを見つめて言った。

「それにしても、本当に素敵なドレスです」

「そう？　あらためて褒められると照れるわね」

ヴィクトリアスが嬉しそうに笑う。

「もともとはミスコンのために作ったわけではなくて、ユニコーンが絵本を読んでいた時に突然言い出したことが発端《ほったん》なの。『こんな素敵なドレスを……実際に見てみたいな』って」

張本人のユニコーンは、急に話を振られて真っ赤な顔をしながら俯いてしまう。

「どうしても……お姫様のドレスが見たかったの」

それだけ言って黙ってしまう。

そんな彼女の言葉を引き継ぐようにして、イラストリアスが代わりに答えた。

「それで、私たちもなんとか協力したくって一緒に作っていたら、ちょうど学園祭の話がウェールズさんから出ましてね。それならばぜひこのドレスを、と協力を申し出たのです」

「そういうことだったのですね」

ベルファストは頷いて、そこでふとユニコーンがじっとドレスを見つめていることに気づいた。

「そういえばさっき外でポスターを見たわよ。いつの間にか剝がされちゃってたけど、あんな写真いつ撮っていたの～？」

意地悪っぽくヴィクトリアスが肘《ひじ》で身体をつんつんと突く。

「あ、あれはちょっとした事情があって撮ったものですよ」

「その事情を詳《くわ》しく聞かせてほしいんだけどー？」

彼女から逃れるように、ベルファストはわざとらしく声をあげた。

「そ、そういえば陛下に新しい写真を撮るように頼んでいたので、私はこれで」

「あ。ちょっと待ちなさいって」

引き留めるヴィクトリアスよりも早く、さっとお辞儀をしてからベルファストは部屋を出て行く。

「ふぅ……もしかしたらあのポスター、思ったよりも多くの人が見ているかもしれませんね」

考えるだけで憂鬱《ゆううつ》な気分になりそうだった。

廊下を歩きながら、やがてベルファストはエリザベスの部屋の前に立つと二回ノックをしてから扉を開ける。

「失礼します」

「待っていたわよ！」

入るなり元気なエリザベスの声が飛んできて、びっくりしながら顔を上げる。

「こ、これは……」

見ればそこには様々な衣装が並べられていた。

巫女《みこ》服、セーラー服、ブレザー、ナース、ＯＬ、駅員、警察の制服に動物の着ぐるみまで。

一体どこで用意してきたのだと思うようなコスプレグッズばかりで頭がくらくらしてしまう。

「明石《あかし》に頼んだらこれだけの数をざっと用意してくれたわ」

エリザベスの口からすぐに疑問は解消されるも、当然このようなものを着て撮影などするわけにはいかないとベルファストは思った。

「陛下……その、ロイヤル寮のテーマを忘れていませんか?」

「忘れてないわ。『美』と『気品』でしょ? でもせっかくのポスターなのに普通のメイド服じゃインパクトがないじゃない。ドレスも当日までは伏せておきたいし。テーマについはステージ上でいくらでも表現できるんだから、まずはこの中のどれかを着て撮影するの。それで、出来上がったポスターを見て皆にアピールするのよ!」

言わんとすることは理解できなくもない。

しかし、ベルファストは首を大きく横にふった。

「統一感を大事にしましょう。これでは方向性をかなり見失ってしまいます」

「それはそうかもだけど……」

「お願いします。どうか私のわがままを聞いていただけないでしょうか、陛下」

これだけは断じて譲《ゆず》れないとベルファストは思った。

すでに水着のポスターでイメージの統一感は崩れかけているのに、これ以上逸脱《いつだつ》してしまったら完全に本来のテーマが台無しになってしまう。

「うー……じゃあいいわ。そこに立ってもらえる？」

残念そうに、一眼レフカメラを手にしながらエリザベスが窓際を指し示す。

ほっとしながら、ベルファストは言われた通りの場所に立った。

エリザベスはファインダーを覗き込んで、しばらくしてから目を離す。

「ポーズは取らないの？　せめてそれくらいはしないとポスターの意味がないわ」

「ポーズ、ですか」

確かにただ立っているだけの姿というのも味気ないような気がする。

試しにベルファストはエプロンの裾をつまんでみた。

「これでどうでしょう？」

エリザベスはファインダーから目を離して頷く。

「なかなかいいわね。あとは表情かしら？　少しだけ笑ってみて、首もやや傾ける感じで……そうそうそれよ！　あとは、真正面よりも少し斜《なな》めから撮ったほうが良さそうね」

言われた通りに首を傾《かし》げてみせながら柔らかく微笑《ほほえ》んでみせると、エリザベスは横に移動してパシャリとシャッターを切った。

「うん！　いい写真が撮れた気がするわ。ポスターだけに使うんじゃもったいないくらいよ！」

満足そうに告げるエリザベスに、ベルファストは近づいていく。

「私は、現像したものを見るまで確認できないのですね」

「でも本当にいい写真よ。明日からさっそくポスターにするんだから！」

部屋のテーブルにカメラを置くと、エリザベスはちらりとベルファストを見た。

「それとね。ベルはもう少し他人の前でも笑ったほうがいいと思うの。自分ではわからない魅力がいっぱいあるんだから！」

「わからない魅力……ですか」

確かに自分は今そこで迷っているのかもしれない、とベルファストは思った。

昨日からずっと姉のエディンバラに言われた自然な感じを模索《もさく》していたが、これまで誰かに対して奉仕をすることばかりを考えてきたせいでまったく自分を顧《かえり》みたことがなかった。

「どうしたの？　ベル？」

悩んでいる姿を見て、不思議そうな表情でエリザベスが見つめている。

「すみません、ぼーっとしてました」

ベルファストは心配させないようにそう言いかけたところで、ふとこの前の会議でのことを思い出した。

「そういえば陛下。学園祭の時のメイド隊のことで少しお話があるのですが――」

＊＊＊

それから日々のメイド仕事をこなす傍《かたわ》ら、ベルファストはずっと自身について考えていた。暇《ひま》ができれば窓から秋の空に浮かぶうろこ雲をぼんやりと見つめたり、または海岸に押し寄せる波を見たりしながら、普段の自分を一体どのようにステージでパフォーマンスとして表現するかずっと悩み続けた。

ロイヤルメイド隊の皆はそんな彼女を見て、不安げに「どうしたの？」と何度も訊《き》いてきた。相談して何か掴めるようなものでもないと思い、ベルファストはその度《たび》に「なんでもありませんよ」と笑いかけていた。

――考えが固すぎるかもしれません。パフォーマンスはもっとふわっとした感じでいいはずです。

そう考えたのは、学園祭の前日の夜のこと。夕食の片付けを終えて再びイラストリアスの部屋にやってきていたベルファストは、ドレスの試着中にようやくそう思い至ったのであった。

ちょうど腰回りのチェックをしていたイラストリアスが顔を上げる。

「苦しくはありませんか？」

「え？　あ。はい大丈夫です」

ベルファストの言葉にほっとしたのか、イラストリアスは胸を撫でおろして椅子に座る。

「よかったですわ、無事にドレスの手直しが間に合って」

「これで当日はばっちりね」

ヴィクトリアスもそう満足そうに頷く中で、ベルファストはふとユニコーンの顔を見た。

彼女はユーちゃんを抱きしめながら、ドレスを着たベルファストにぽーっと見惚《みと》れている。

「ユニコーンさん？」

そう声をかけると、はっとしたようにユニコーンがぱちぱち瞬《まばた》きをして逃げていく。

「な……なんでもないの……」

すっとイラストリアスの後ろに隠れてしまう姿を見て、ベルファストは前に寸法を測った時にもこうしてぽーっとしている姿をしていたことを思い出した。

「ほ、本当のお姫様……みたいだなって……思っただけだから」

照れ臭そうに小声で答えるユニコーンに、ベルファストは笑いかけた。

「そう言っていただけると、私も少し安心します」

本心でそう答えてから、イラストリアスとヴィクトリアスに手伝ってもらってドレスを脱ぐ。

「で。ステージではどんなことするつもり？」

何気なく訊いてきたヴィクトリアスの言葉に、ベルファストは固まった。

「その、実は——まだ……何も考えていないんです」

ようやく出てきた言葉を聞いて、ヴィクトリアスは大きく目を見開いた。

「え。嘘《うそ》でしょ⁉　学園祭は明日なのに！」

「わかっています。わかっているんですが……」

メイド服に着替え終えたベルファストは、申し訳なさそうに顔を伏せる。

「自然な感じを意識して……ふわっと思いついた何かをやろうと思っています……」

「その様子じゃ、ちっともふわっとできてなさそうだけどね」

呆《あき》れたように肩を落とすヴィクトリアスの横で、イラストリアスはくすくすと笑い出す。

「ベルファストさんならきっと、何をやっても『らしさ』のようなものが出ると思っていますよ」

「そうでしょうか……？」

自信なさげに呟くベルファストに、彼女はすぐに「ええ」と答える。

「もしそうでなくても、ここにいる私やヴィクトリアス、ユニコーンも。それに陛下や他のロイヤルの皆だって、きっと良くやったと褒めてくださいますわ」

にこにことしているイラストリアスの表情に嘘はない。

同時に彼女が言っていることは、きっとその通りだとベルファストも思っている。

——でも。

ぐるぐると頭の中をめぐる自分自身というものについて、未だにベルファストはよくわからないでいるのであった。

「明日のミスコン、楽しみにしていますね」

部屋を出て行く際にそう告げられると、ベルファストはゆっくりと礼をして廊下を歩いていった。

「どうしましょう……」

不安が胸をよぎる。

あまりにのんびりと考えすぎていたせいもあって、今さらになって焦《あせ》りが出てきた。

気楽に考えようとしてもなかなかすぐに頭が切り替わらず、もうすっかり暗くなった外の夜風に当たろうとベルファストは階段を下りていった。

どうせこのまま床《とこ》に入っても、悶々《もんもん》とするだけで寝付けないことはわかっていた。

「少しだけ散歩すれば、気持ちも落ち着くかもしれません」

寮を出て坂を下りながら、海岸のほうに向かって歩いていく。

穏《おだ》やかな波の音を耳にしながら、そこでふと彼女は立ち止まった。

「歌声……？」

海岸のそばで誰かが歌っている声がして、ベルファストは近づいていく。

海の目の前までやってきて物陰《ものかげ》からそっと様子を窺うように顔を出すと、

「……サンディエゴさん」

防波堤《ぼうはてい》の上でドレスを身に纏《まと》ったサンディエゴが、くるくると回りながらダンスをしている。

イラストリアスたちが作ったドレスとは違い、彼女のドレスはスカートが短めで動きやすくなっていた。豪華な感じはなくても、アイドルとしてステージに立つ衣装としては百点満点だとベルファストは思う。

「ララ～♪」

彼女の歌声を耳にしながら、まるで金縛《かなしば》りにあったように動けなくなっていると、

「――そこにいるのは誰っ！」

気配を感じたのか、急にぴたりとステップを踏むのをやめてサンディエゴが振り返った。

まずいと思ってすぐに身を隠したものの、やはり黙って盗み見ていたことは謝罪しなければと思ってベルファストは物陰から姿を現した。

「申し訳ありません……盗み見るつもりはなかったのですが、散歩中に声が聞こえたもので……」

ぺこりと頭を下げる。

以前のケーブルを抜いた件も含めて、またしても怒られてしまうのだろうかと思っていると、なぜかサンディエゴはぽかんと口を開けながらその場に立ち尽くしたままでいた。

「えっと……。サンディエゴさん？」

不思議に思って声をかける。

するると突然サンディエゴは胸の前で手を重ねて、嬉しそうにその場で飛び跳《は》ねた。

「まさか！　あなた、私の美声を聞きつけてここまでやってきたの？」

「……はい？」

一瞬言ってる意味がよく理解できなかったが、嬉しそうな彼女の表情を見てベルファストは反射的に頷いた。

「そ、そうですね。とても綺麗《きれい》な歌声だったので」

「えっへん！　でも勝手に盗み見るのはダメだよ？　明日のミスコンの相手なんだし」

すっかり気分を良くしたのか、サンディエゴは満面の笑みで話し始める。

「今日は夜風がとっても気持ちいい！　ねぇ、ベルファストもそう思うでしょ？」

「ええ。肌を冷やさないくらいの涼しい風です」

ベルファストが近づくと、サンディエゴは防波堤からぴょんとジャンプして飛び降りた。

「そうだ。せっかくだし、そっちも明日のダンスと歌をここでやってみない？」

「いや。私は明日のステージでは踊ったり歌ったりはしません」

「え？　それじゃ一体何をするの？」

「それは――」

まだ何も考えていない、とは言えなかった。

そもそもロイヤルはアイドル路線じゃないと、明日の出場者にバラしていいのかもわからな

い。

言葉に詰まるベルファストを見て、サンディエゴはますます眉間《みけん》に皺《しわ》を寄せる。

「ベルファストもアイドルになるんじゃないの？　せっかくロイヤルの皆から選ばれて代表になったんでしょ？　なら全力でキラキラと輝こうよ」

「そ、その……だから、違うんです」

「何が違うの？」

ぐいぐいと顔が近づけられる。

押しの強さに負けるようにして、とうとうベルファストは観念した。

「その——ロイヤルは……アイドル路線ではないんです！」

「へ？　そうだったの？」

ベルファストのもとからぱっと離れると、サンディエゴは残念そうに頭の後ろに手を置く。

「なーんだ。じゃあせめて何をやるのかだけでも教えてほしいな」

「まだ……何も考えてません」

「え」

サンディエゴはぽかんとして立ち尽くす。

「どうすんの？　明日だよ、ミスコン」

「わかっています……ですが、何をすればいいのか思いつかなくて」

明日のライバルにこんなことを話すのもどうかと思ったが、ついついベルファストはそう打ち明けてしまう。

「自然な感じを意識して何かをしようと思っていたのですが、あれこれ考えすぎて逆に見失ってしまっているんです……」

「そんなものかなぁ？」

サンディエゴは何で悩んでいるのかわからない様子だった。それもそうかもしれないとベルファストは思う。先ほど歌っていた彼女の姿は紛《まぎ》れもなく自然体であり、何かを意識して迷っているようにはとても思えなかった。

「そもそもステージに立つのは初めてなので。経験のないことにぶつかると、どうしても普段通りというわけにはいかなくて……」

ベルファストの話を聞いて、サンディエゴは首をふった。

「それは違うよ」

「え？」

「素直に楽しもうと思う気持ちがあればいいだけだよ。未経験とかカンケーないって」

ばっさりと言い切るサンディエゴに、思わずぽかんとしてしまう。

「楽しもうと思う……それは一体どうすればいいんでしょう？」

「なんでわっかんないかなぁ。ステージを自分の好きな場所に作り変えちゃうんだよ」

「好きな場所に作り変える？」

言葉の意味がわからず首を捻っていると、サンディエゴはその場でくるくる回り出しながら鮮やかに踊ってみせた。

「この場所、素敵でしょ？　サラっちの見よう見まねだけど、私はたまに一人で楽しくなるとこの場所でこうやって踊ってたんだ。だからステージでも――きゃっ！」

サンディエゴが勢いあまってすっ転びそうになると、ベルファストは慌てて彼女の手を取って身体を起こした。

「大丈夫ですか？」

「だ、大丈夫だよ！　今のはベルファストがちゃんと反応できるかテストしたの！」

どうにも怪しいところではあったが、ベルファストは何も言わずにゆっくりと彼女から手を離す。

「私ね。自分の長所は元気なところだって思ってるの」

サンディエゴは体勢を立て直すと、そのまま月を真っ直《ま》ぐ《す》に見つめる。

「今年はサラっちが出ないって言うし、ならステージでキラキラとする私のことをぜひ指揮官に見てもらいたいなって思って立候補したんだ」

だから、と言って彼女は再びベルファストを見つめる。

「それならやっぱり優勝しかないでしょ！　って思うんだ。だから明日は絶対に負けないからね」

えへへっとはにかんで見せるサンディエゴに、思わずベルファストも笑みがこぼれる。

自分のことを本当によく理解している子だと思った。

彼女の元気な姿を見ているだけで、こちらもつい嬉しくなってしまう。

「ふわぁ……っと。そろそろ明日に備えてたっぷり寝ようかな」

欠伸《あくび》をしながらサンディエゴはそう言ってドレスを翻《ひるがえ》すと、ユニオン寮がある方向に向かって歩き始める。

「じゃあねベルファスト。明日はよろしくね」

「あの」

「ん？」

ベルファストは彼女を呼び止めて、申し訳なさそうな表情を見せる。

「あの時は……スピーカーのケーブルを抜いてしまって、申し訳ありませんでした」

一瞬忘れていたように硬直してから、サンディエゴはぱっと笑顔になる。

「ぜーんぜん気にしてないよ。今日は話せて楽しかったしね」

手を振る彼女に、ベルファストもまた姿が見えなくなるまで手を振り続けた。

やがて一人になったベルファストは、しばらく夜風に当たりながらぽつりとその場で呟いた。

「確かにこの防波堤は、とても気持ちいいところですね」

まだ眠れそうにないと思ったベルファストは、結局ロイヤル寮に戻っていつもの職場へと向かっていった。

真っ暗なキッチンの中で明かりを灯《とも》して椅子に座ると、ベルファストは調理用のテーブルに身体を突っ伏して深呼吸をする。

「この場所にいる時が……一番落ち着きますね」

誰もいないキッチンの中で、ここまでリラックスした姿勢になったことはない。

「これも、初めての経験ですね」

ついくすくすと笑ってしまった。

それからベルファストは両腕の中に埋めていた顔を横に向けて、しばらくカンテラの中の火をじっと見続けていた。

暖かい火の色をぼんやりと見続けていると、次第《しだい》にうとうとし始めてしまった。

「……ステージを……自分のものに——」

このまま寝てはいけないと思っていたが、どうしてもうまく身体が言うことをきいてくれない。

——明日は……学園祭だというのに……。

微睡《まどろ》みかけたその瞬間、突然がちゃりと木製扉のノブが回る音がした。

びっくりして慌てて姿勢を元に戻すと、扉から現れたのはエディンバラであった。

「――こんなところにいたのね、もう……捜したんだよ？　夜も遅いのに」

「す、すみません。そろそろ戻ろうとしたのですが」

口を開きかけた途端、エディンバラの背後からにゅっと別の顔が出てきた。

「ベルファストはまるでメイドの鑑《かがみ》ですね。こんな時間にまでキッチンにいるなんて」

それはシェフィールドであった。明かりの少ない所だと無表情の彼女は少しだけ怖く見える。

後ろからは、さらに続々とメイド隊の皆が顔を出し始める。

「Ｒｅｌａｘ！　メイド長はそのままでも十分魅力的だよ！」

ケントの言葉とともに、サフォークもうんうんと笑顔で頷いてみせる。

「メイド長もお空を流れる雲さんのようになればいいんじゃないかなぁ。何事も無心ですよ無心～」

ベルファストは皆の顔を見ながら呟く。

「皆さん……」

心配をかけまいとしていても、ずっと一緒にいる者たちにはとっくに気づかれてしまっていたらしい。

なんだか気を遣《つか》わせてしまったことが申し訳なくなって、ベルファストは思わず立ち上がった。

「す、すみません。こうして落ち着く場所にいれば、いつもの気持ちがわかるかと――」

そこではっとする。

「……ベル？」

不安そうに声をかけるエディンバラにも、すぐに反応することはできなかった。

ステージを自分の好きな居場所に作り変えるという、サンディエゴの言葉の意味がその時ようやくわかったような気がしたのだ。

「ここだったんですね……私のステージは」

テーブルにつぅっと指を滑らせると、これまでずっとここで働いてきた時の数々の思い出が蘇《よみがえ》って思わず顔が綻《ほころ》んでしまった。

――それとね。ベルはもう少し他人の前でも笑ったほうがいいと思うの。自分ではわからない魅力がいっぱいあるんだから！

エリザベスの言葉も同時に思い出すと、あらためてベルファストは皆にぺこりと頭を下げた。

「もう平気です、皆」

何が自分にとっての自然体なのか。

それをようやく摑み取った瞬間だと、そうベルファストは思ったのだった。

＊＊＊

いよいよ学園祭の当日がやってきた。

いつもと違ってお祭りムードに溢れかえる母港の学園では、それぞれの陣営が気合いの入った催《もよお》し物を見せていた。

ユニオン寮では映画が上映されていた。なんでもずいぶん早くからこの日のために撮影を開始していたらしく、スタントなしの派手《はで》なアクション映画は観《み》る者をあっと言わせるほどの大迫力だった。

ロイヤルではメイド隊から服を借りて、メイド喫茶を出していた。出す料理はどれも火を使わない簡単な軽食ばかりで、事前にメイド隊からレシピをもらった子たちだけで他の陣営の子たちをもてなしていた。

重桜はお化け屋敷をやっていた。血のりや特殊メイクによって変装した子たちは、やってきた他陣営の者たちを震え上がらせるため、あの手この手で怖がらせようとずいぶん仕掛けを頑張ったらしい。その甲斐《かい》あってか、怖がりな子は思わず泣きだしてしまうくらいの怖さだったという。

鉄血はロイヤルのメイド喫茶よりも少し大人向けなビアガーデンを開いていた。秋空の下でソーセージやジャーマンポテトに合わせて飲むビールはまた格別で、お酒を呑めない子たちのために冷えた生絞《なましぼ》りのフルーツジュースも用意されていた。

そのような中でも、ロイヤルのメイド隊はいつも通りにメイド仕事に明け暮れていたのだっ

たが、

「——今日これからの予定は、好きにして構いません」

午前中の仕事の合間の時間に、突然ベルファストはメイド隊全員をキッチンに呼び寄せてそう言ったのだった。

「Ｗｈａｔ？　メイド長、まだまだ仕事は残ってますよ？」

ケントがびっくりした顔でベルファストを見る。ちょうどキッチンで食器洗いをしていたサフォークも信じられないといった様子で手を止めてしまう。

「ほぇ……いつも学園祭は、普段通りの仕事だったと思うんですけど……？」

「今年からはメイド隊も学園祭に参加させてあげたいと思って、私があらかじめ陛下にそのようなお話をしたのですよ」

きっかけはミスコンの会議の時であった。あの時ベルファストはサフォークがミスコンの話題に興味を持っていることを知って、もしかしたら他のメイド隊も本来の寮の子たちと同じように遊びたいのではないかと思ったのだった。

当然、掃除や洗濯は丸一日放棄《ほうき》することになるので寮の子たちにも迷惑がかかる。

なのでベルファストは、以前、ポスター写真を撮りに行った帰り際に、思い切ってエリザベスにそのことを相談したのだった。

『いつも頑張っているメイド隊が一日くらい休んだってかまわないわ。文句も言う人なんてきっといないだろうしね』

そんなエリザベスの言葉通りに、ベルファストが寮内の子たちすべてにそのことを話しても誰一人として不服を告げるような者は現れなかったのである。それどころか代わりに手伝ってもいいという者まで現れるほど、寮内の子たちは日ごろメイド隊に伝えきれないくらい感謝をしていたのだった。

「ということで、仕事はここまでです。皆さんも学園祭をめいっぱい楽しんでください」

ベルファストがそこまで言うと、キッチンが一斉に喜びの声で溢れ返った。

メイド隊の子たちは次々にキッチンを飛び出していき、残されたのはベルファストとエディンバラとシェフィールドの三人だけ。

「シェフィは行かないのですか？」

ベルファストが尋ねると、シェフィはモップとバケツを持ちながら首をふる。

「私は掃除をしているほうが性《しょう》に合っていますから」

無表情のまま出て行くその後ろ姿を見て、エディンバラはふぅと溜息を吐く。

「シェフィは本当にそう思ってると思うよ。掃除を取りあげてしまったらそれはもうあの子じゃないもの」

「ですね」

ベルファストもそれには同意であった。

「ところで、ベルはこの後ミスコンがあるじゃない？　それで、その、どうなのかなって――」

言葉を濁《にご》すエディンバラの口を、ベルファストは人差し指でそっと押さえながら言った。

「大丈夫ですよ。私は昨夜ようやくわかったんです」

ゆっくりと人差し指を離すと、ベルファストはふっと笑みを浮かべてキッチンの窓を押し開いた。

「今までもこれからも――私は、ロイヤルメイド隊メイド長のベルファストなのですよ」

窓の近くにある木は、本格的な秋の訪れを感じさせるように葉っぱが黄色く色づいている。

ベルファストはしばらくそうして、キッチンに流れ込む優しい風に当たり続けていた。

＊＊＊

賑やかな時間はあっという間に過ぎていく。

母港に西日が差す頃、学園の真ん中に作られた特設ステージの前には大勢の少女たちが集まって、これから始まる一大イベントに胸をときめかせながらその時を待ちわびていた。

「いよいよね」

サンディエゴはそう言いながらも、内心ではやはり緊張していた。

ステージの裏ではこれから出場するメンバーが集まっていた。重桜の山城も鉄血のドイッチュラントも、それぞれ各陣営が用意した衣装に包まれて出場の合図がやってくるのを待っている。

「にしても、ベルファスト遅いな……」

サンディエゴは昨夜に会った彼女のことを少しだけ心配していた。

あの時のベルファストは、ステージでどんなパフォーマンスをしたらいいかと悩んでいた。もしかしたら直前になって出場を辞退してしまうのではないかと思うと、ライバルであるにもかかわらず少しだけ寂《さび》しく感じてしまう。

「ええい。集中、集中！」

ぶるぶると首をふって、サンディエゴはこれからのステージのことに頭を切り替えていく。

自分の元気いっぱいなパフォーマンスで、絶対に皆を笑顔にさせるんだと思うとどんどんとやる気がみなぎってくる。

「絶対に優勝してやるんだから！」

その時、ステージのほうからマイクを通した明石の声が聞こえてきた。

「えー……テステス。それでは、これから待ちに待ったミスコンの時間だにゃ。みんな準備はいいかにゃ？」

わぁっと割れんばかりの歓声《かんせい》が、ステージ裏のサンディエゴたちの耳にまで届いてくる。

「すっごい元気だにゃ。えー。それではさっそく始めるにゃ」

マイクを通してがさごそとカンペを取り出す音が聞こえてくる。

「本日の出場者は重桜の山城、鉄血のドイッチュラント、ユニオンのサンディエゴ、ロイヤルのベルファストの四名にゃ。出てくる順番もこの流れでいくにゃ。全員のアピールタイムが終了したところで、観客の皆は誰が一番良かったかを投票してほしいにゃ。ではまずエントリー一番の山城から、どうぞにゃ」

名前を呼ばれた山城は頭についた大きな耳をぴくんとさせると、強張《こわば》った身体で表のステージに向かっていく。

＊＊＊

「──本当によろしいのですか？」

そう問いかけるイラストリアスに向かって、ベルファストはこくりと頷いた。

「ええ。私はこれで大丈夫です」

「ですが……せっかくのドレスですのに」

「姉さんと違って、私は特に異論ないかなー」

不安そうな表情で見つめる彼女の横で、ヴィクトリアスが口を開く。

「まぁベルファストなら当然かなって思うしね。それよりもユニコーンはどう思うの？」

「……え？」

　ぴくんと小さな肩を揺らしてユニコーンが顔を上げる。突然問いかけられてすぐには反応できず、しばらく無言でぎゅっとユーちゃんを抱きしめていた。

　やがて彼女は、考えがまとまったような顔つきになってベルファストを見た。

「最後の試着のときね……ユニコーン、ベルファストのことが本当のお姫様みたいだって思ったの。きらきらした見た目で……輝いて……きっと皆の目も釘付《くぎづ》けになるって、間違いないって思った」

　でもね、と言いながら顔を上げる。

「でも……ベルファストは着ながら別のことを考えてるって、ユニコーン気づいてたの。もしかしたら本当に……ステージで見せたいものは、違うんじゃないかなって……」

「ユニコーンちゃん……」

　ベルファストは、思わず言葉を漏らす。

「だから……いいよ。ベルファストが本当にしたいことを、ステージで見てみたい……かな」

　そこまで言ってから、ユニコーンはそそくさとベルファストたちのそばから離れていく。

「三人とも、本当にありがとうございました」

　深々と頭を下げるベルファストを見て、イラストリアスは静かに首をふった。

「いいえ。ベルファストさんのお気持ちはきっと皆さまにもわかっていただけると思います」

「それよりそろそろステージ行かなきゃ間に合わないんじゃないの？」

ヴィクトリアスの言葉を聞いて、ベルファストは時計を見た。確かにもうギリギリの時刻だ。

「すみません。私はこれで失礼させていただきます」


ベルファストはすぐにミスコン会場へと向かっていった。

——不思議ですね……あれだけ迷っていたはずなのに。

心の中でそう思いながら、ベルファストは海から吹いてくる風にスカートをはためかせて歩く。


遠くのステージから、サンディエゴの歌声が聞こえてくる。

思えば春から始まったこの半年間は、初めてのことばかりであった。

姉のエディンバラに紅茶の淹《い》れ方について初めて尋ねてみたし、軍事委託に向かう子たちの講師となったこともあれば、温泉旅館でのひとときを過ごしたこともあった。

自分にとっての「初めて」は、きっと今後も待ち受けている。それでも——

「私は……ずっと皆さまに、私らしいメイドとしての自分を貫《つらぬ》き通していきたいです」

思っていた以上にわがままな性格なのかもしれない。

ベルファストはその時「初めて」本当の自分の姿を垣間《かいま》見《み》た気がした。

それはきっと、これから行なうパフォーマンスでもっとはっきりとするに違いないと思った。

音楽が鳴り止《や》んだ。

大勢の拍手に包まれながら、ステージを離れていくサンディエゴの姿が見える。

――ご主人様もどこかで見ておられるのでしょうか？

ベルファストは歩きながら、この母港を取り仕切る指揮官のことを想った。

――ぜひ、こんな私を見ていてほしいです。

そして願わくばこんな自分を見て優しく微笑みかけてくれたら、と。

「――さあラストはロイヤルからベルファストだにゃー。張り切って登場してほしいにゃー！」

ようやくステージ裏までたどり着くと、サンディエゴはベルファストの姿を見つけてぎょっとする。

「あ。あれ？　ちょっと待って。その姿は――」

彼女が最後まで言い切る前に、ベルファストはステージへと続く階段を駆け上がっていった。

＊＊＊

「――ちょ、ちょっとエディ。ど、どうしてベルはあんな格好をしてるの⁉」

観客席側にいたエリザベスに、エディンバラは激しく身体を揺さぶられる。

だが姉である彼女にだって、理由なんてまるでわからなかった。

「せっかく……せっかくドレスを用意してくれたのに、あれじゃ意味がないわ！」

「わ、わかりませんけれど……きっとアイツにも考えがあるはずです」

ずれてしまった眼鏡《めがね》を直しながら、エディンバラは答える。

「だってアイツは……ベルは意味のないことなんてしない。だから——あのいつも通りのメイド姿にだって……何か考えがあってだと」

当然、混乱しているのはエリザベスだけではない。

ロイヤルの子たちは揃って全員が唖然《あぜん》としていた。本来用意されていたはずのドレス姿ではなく、いつも通りの格好で出てきたベルファストの意図がまるで摑めない。

その時、マイクを手にしてベルファストが口を開いた。

『——今日という日が来るまで、私はずっとここで何をしようか迷い続けておりました』

しんと会場内が静まり返る。

『私が所属するロイヤルでは、この日のためにとドレスが用意されておりました。ですが……私はそのドレスを着てこのステージに立つ自分のことが、まるで想像できなかったのです』

暗くなったステージにぱっと照明が照らされる。

海の彼方《かなた》には今にも沈みそうな夕日があった。

代わりに浮かび上がってくるのは、空高く瞬《またた》いている無数の星々。

『すごく……すごく悩みました。メイド隊の子たちにもご心配をおかけしました。ですが、どうすべきかなんてことは、本当にシンプルな答えでしかなかったのです』

ステージ照明に当たってふっと微笑んだベルファストの表情を見て、エリザベスはほとんど無意識のままぽつりと呟いていた。

「なんて……きれいなの」

エディンバラも金縛りにあったようにベルファストから目が離せなかった。

柔らかい物腰と耳触《みみざわ》りのいい声。

優雅《ゆうが》に微笑んでいる彼女の姿は、下手《へた》に豪華な衣装などで飾りつけられてしまってはかえってその輝きを失ってしまいそうだった。

『それは――自分らしくあることです。私がメイドとしていつもあるように、この場に立って誰かにご奉仕する。私が私らしくあるには、誰かという存在を決して欠かすことはできないのです』

そこまで言うとベルファストはマイクを離して明石に何かを告げた。

何回か彼女の話に頷くと、明石はすぐにステージ裏へと引っ込んでいく。

程なくして戻ってくると、明石の手にはステージ裏で待機していた子たちに用意されていた簡易型の折り畳《たた》みテーブルが抱えられていた。

「一体何をする気だ……？」

エリザベスの隣に座っていたウォースパイトが思わずそんな声をあげる。

明石が再びステージ裏に引っ込んで戻ってくると、次に彼女が持ってきたのは一脚の折り畳み椅子。

それらをステージ中央に設置すると、再びベルファストはマイクを口に近づけた。

『──姉さん。ステージまでやって来てくれませんか?』

その時、観客席にいたエディンバラに皆の視線が集中する。

「え……。えぇーっ!!」

エディンバラは自らを指さしながら、慌ててその場を立ち上がる。

「な、なんで私がステージに……。は、恥ずかしいぃ……っ」

『姉さん。あまり時間がないので早く来てください』

真っ赤な顔の彼女に構わず、ベルファストは急《せ》かすようにそう告げる。

「わ、わかったってば!　……もうなんでこんなことに」

ぶつくさ言いながら他の観客を避《よ》けてステージに上がると、ベルファストに促《うなが》されながら椅子に座った。

「……で?　一体何をするつもりなのよベル」

羞恥心《しゅうちしん》でいっぱいの姉に対し、ベルファストはマイクから口を離して告げる。

「今から姉さんにお茶を淹れるんですよ」

「お茶？　もしかしてそれがあなたのアピールなの？」

くすりと笑ってベルファストが頷くと、エディンバラは脱力しながら椅子にもたれかかった。

「呆れた……そんないつもやっていることを、どうしてここで……」

「いつもやっていることですし、初めてのことでもあるんですよ」

やたらと含みのある言い方をしてから、ベルファストは観客に顔を向ける。

『実は私はこれまでずっと姉に紅茶を淹れたことがありませんでした。今日はともにメイドをしている実の姉に対し、感謝の気持ちをこめながらここでご奉仕させていただきます。それが――』

ちらり、と姉の顔を見つめてからベルファストはどこか遠くを見つめる。

エディンバラはそんな彼女の視線の先を追うように見つめて、はたと気づく。

きっとこの視線は――この学園のどこかで見ている人に向かっているはずだと。

『それがこの私、ロイヤルメイド隊メイド長であるベルファストの、精一杯《せいいっぱい》のステージにございます。どうかくれぐれもお目に焼きつけてくださいませ――ご主人様』

エピローグ

『メイド長のカーテシー』

学園祭も終わって、再び母港にはいつも通りの日常が戻ってきた。

今朝の朝食の席でエリザベスから「今日はお茶会するわよ！」と宣告され、現在ベルファストとエディンバラは中庭に溜《た》まった落ち葉を丁寧《ていねい》に掃《は》いて片付けていた。

「もうすっかり寒くなってきたね」

ほうきの手を止めてエディンバラが空を見上げる。

ベルファストも見上げると、空には海のほうに向かって低く薄い雲が伸びていた。気温が低くなると海水からの水蒸気が上昇しにくくなるそうで、海岸のほうまで行けばほとんど水平線と重なり合う雲ばかりが見られるはずだ。

「手が冷たくなる前に、済ませてしまいましょう」

ベルファストはすぐに視線を落として、再び掃除を始める。

「ねぇベル」

「どうしたのですか？」

エディンバラはつまらなそうな表情でじっと妹を見つめる。

「どうしてそんなに楽しそうなの？」

言われてベルファストは自《みずか》らの頰《ほお》をぺたりと触る。

「そんな風に……見えましたか？」

「うん見える。なんとなくだけど、掃除の仕方にリズムがついてる気がする」

まるで気づかなかったと、ベルファストは地面の落ち葉を見つめながら手を止めた。

「今日だけじゃないよ？　なんかあの学園祭の日以降はずっと楽しそう」

エディンバラは少しだけ言いにくそうな表情を見せてからそっぽを向く。

「優勝……できなかったのに」

どことなく悔《くや》しそうで、ベルファストはそんな姉を見ながら考える。

結局、今年の優勝もユニオンであった。

表彰状《ひょうしょうじょう》とトロフィーを授与されたサンディエゴが、嬉《うれ》しそうに「イエーイ」とVサインを決めている写真が今も学園内の掲示板に貼《は》られている。

ベルファストが取った行動に関して、エリザベスも他の皆も特に何も言うことはなかった。

「結果は残念だったけど、方向性は間違ってなかったはずよ」というのは、来年に向けての女王陛下《へいか》のありがたいお言葉である。

「このことに関しては、勝ち負けじゃないと私は思うんです」

集めた落ち葉をちりとりに入れて立ち上がると、やがてベルファストはエディンバラに向かって静かにそう答えた。

「私はメイドであることをあの場で示すことができた……しっかりと自分を見失わずにきちんと披露《ひろう》できたことが嬉しかったのです。それでいいじゃありませんか」

「良くない」

姉はぶーっと頬を膨《ふく》らませながら即答した。

「ベルは指揮官から表彰されたくなかったの？」

「そうではありませんよ」

困ったように眉《まゆ》を寄せながら、ベルファストは苦笑いする。

「ただ、やはりあのドレスは私には似合いません。どうしてもあの時はいつも通りの自分を見せたかったので。だから、すごく満足しているんです」

「わがままな妹ね」

「完璧《かんぺき》なメイドは、時としてひどくわがままなものなのですよ。姉さん」

ちょうどそこまで言うと、わいわいと中庭に人の声が集まってきた。

お茶会の時間が始まろうとしている。すぐにベルファストとエディンバラはほうきを片付けて、大きな円卓の前に立った。

「お茶の葉はアールグレイとセイロンのブレンドティーです」

「わかってるよ。ベルこそ、前に言ったようにちゃんと気持ちを込めてお茶を淹《い》れるのよ？」

「もちろんです。『美味《おい》しくなぁれ』ですよね」

二人でくすくす忍び笑いを漏《も》らすと、エリザベスの姿が見えた。

「ベル、エディ！　そろそろ準備はできたかしら？」

ベルファストは両手で左右のスカートの端をつまんで、深々と頭を下げる。

「皆さま、ようこそお待ちしておりました――」

彼女のカーテシーは、今日も変わらず美しい。

あとがき

はじめまして、助供珠樹《すけともたまき》です。ぜひ名前だけでも覚えていただければと。

このたびは、スマートフォンゲーム『アズールレーン』のスピンオフ『Episode of Belfast』をお買い上げいただきありがとうございます。

タイトル通りにベルファストを中心としたお話です。彼女を取り巻くロイヤル陣営のメイドたちやお茶会のメンバーが出てくる連作短編形式の日常ものです。

今回スピンオフ執筆のお話を受けた時に、僕はどのキャラクターを主人公にしようかメチャクチャ悩みました。ベルファストは大好きなのですが、これまでメイドキャラというものを自分の小説内で出したことがなかったので、一体どう描けば魅力的に見えるだろうと。

とりあえずメイドに関して調べなきゃと資料を読み漁《あさ》り、執筆中はずっと「絶対にベルファストを可愛《かわい》く書いてやるんだ！」とばかり意識していました。

笑ったり、困ったり、照《て》れたり、焦《あせ》ったり。

とにかく一つ一つの表情や仕草《しぐさ》を丁寧《ていねい》にイメージしながら、原稿と向き合っていました。

ベルファストが好きな方には今以上に、そうじゃない方にもぜひ気に入ってもらえたらと。そしてぜひ、この本を閉じた後でまたゲームを再開していただければと思います。

謝辞《しやじ》を。

イラスト担当のraiou《ライオウ》様。
素敵《すてき》なイラストを本当にありがとうございます。ベルとエディのイラストも大好きなのですが、個人的にはエリザベスのふくれっ面《つら》が最高にキュートです。

ダッシュエックス文庫編集部の古山《こやま》様。
電話やメールだけでなく、お会いした時も色々とコミュ障発揮《はっき》してすみません、ふひひ。いろんなことに親身に聞いていただき、感謝しきりです。ありがとうございます。

そして、『アズールレーン』運営様。
このたびロイヤルのキャラクターをお借りして、精一杯《せいいっぱい》の物語を描かせていただきました。キャラ打ちの時間まで割《さ》いていただき、本当に感謝しきりです。ありがとうございます。

では、いずれまたどこかで。

助供珠樹

ダッシュエックス文庫

アズールレーン Episode of Belfast

助供珠樹
『アズールレーン』運営

2018年6月27日 第1刷発行

★定価はカバーに表示してあります

発行者 鈴木晴彦
発行所 株式会社 集英社
〒101−8050 東京都千代田区一ツ橋2−5−10
03(3230)6229(編集)
03(3230)6393(販売/書店専用) 03(3230)6080(読者係)
印刷所 株式会社美松堂/中央精版印刷株式会社

ISBN978-4-08-631252-3 C0193

ダッシュエックス文庫

ユリシーズ　ジャンヌ・ダルクと錬金の騎士Ⅰ

春日みかげ
イラスト／メロントマリ

ユリシーズ　ジャンヌ・ダルクと錬金の騎士Ⅱ

春日みかげ
イラスト／メロントマリ

ユリシーズ　ジャンヌ・ダルクと錬金の騎士Ⅲ

春日みかげ
イラスト／メロントマリ

ユリシーズ　ジャンヌ・ダルクと錬金の騎士Ⅳ

春日みかげ
イラスト／メロントマリ

百年戦争末期、貴族の息子で流れ錬金術師のモンモランシは、不思議な少女ジャンヌと出会い――歴史ファンタジー巨編、いま開幕！

賢者の石の力を手に入れ、超人「ユリス」となったジャンヌは、オルレアン解放のため進軍するが……運命が加速する第2巻！

シャルロット戴冠のため、モンモランシ率いるフランス軍は、司教座都市ランスを目指す。だが、そこにイングランド軍の襲撃が!!

モンモランシとジャンヌの参戦で窮地を脱したフランス軍。パリ奪還に挑む一行だが、互いを愛する気持ちが思わぬ悲劇を招く…！

ダッシュエックス文庫

努力しすぎた世界最強の武闘家は、魔法世界を余裕で生き抜く。
わんこそば
イラスト／ニノモトニノ

努力しすぎた世界最強の武闘家は、魔法世界を余裕で生き抜く。２
わんこそば
イラスト／ニノモトニノ

努力しすぎた世界最強の武闘家は、魔法世界を余裕で生き抜く。３
わんこそば
イラスト／ニノモトニノ

努力しすぎた世界最強の武闘家は、魔法世界を余裕で生き抜く。４
わんこそば
イラスト／ニノモトニノ

武闘家がある日突然、魔法の世界に転生した。魔法使いを目指し過酷な修行を乗り越えて得た力は、敵を一撃で倒すほどの身体能力で!?

魔力を手に入れるために飲んだ薬の副作用で、アッシュは肉体も精神も3歳に!? 一方、魔法騎士団の前には《土の帝王》が出現し……。

魔力獲得のための手がかりとなる石碑を探しに遺跡へと旅に出たアッシュ。行く先には魔王が…!? 信じる者が最も強くなる第3弾!

念願の夢が叶い、魔力を獲得したアッシュ。大魔法使いになるための武者修行を開始するため、ノワールと共に師匠探しの旅に出る!

努力しすぎた世界最強の武闘家は、魔法世界を余裕で生き抜く。5

わんこそば
イラスト／ニノモトニノ

大魔法使いになるための武者修行で、今度は魔力の質を高めることに！　世界樹のてっぺんを目指したアッシュが出会ったのは……？

貴方がわたしを好きになる自信はありませんが、わたしが貴方を好きになる自信はあります

鈴木大輔
イラスト／タイキ

吸血鬼の美少女と、吸血鬼ハンターの青年。池袋を舞台に繰り広げられる、吸血鬼をめぐる年の差×異種族の禁断のラブストーリー。

貴方がわたしを好きになる自信はありませんが、わたしが貴方を好きになる自信はあります2

鈴木大輔
イラスト／タイキ

押しかけ吸血鬼の真を匿うべく始まった奇妙な同居生活。同じ頃、誠一郎に六本木で起きた吸血鬼事件の〝手配犯〟から連絡が入り…。

その10文字を、僕は忘れない

持崎湯葉
イラスト／はねこと

心に傷を負い声を失った少女と無気力な少年。どしゃぶりの雨の中の出会いは、切ない恋のはじまりだった。いちばん泣ける純愛物語!!